굿모닝, 카르마

굿모닝, 카르마

정영희 산문집

도서 출판 북인

마침내 평화롭고 자유롭기를

간신히, 외롭지도 않다.

간신히, 부럽지도 않다.

간신히, 평화롭고 자유롭다.

혁명가처럼 유토피아Utopia를 꿈꾸었고, 피안彼岸을 꿈꾸었다. 오래도록 아파했고, 오래도록 사색했다. 그러다 문득 유토피아와 피안은 '저기' 있는 것이 아니라, 바로 '여기' 내 안에 있음을 알았다. 수행의 첫걸음이다. 글쓰기는 농부의 쟁기처럼 수행을 위한 나의 쟁기구나 싶었다. 수행은 욕망과 집착과의 투쟁이다. 물이 범람하는 강가에서 모래탑을 쌓는 일 같다. 언제나 실패하고 실패한다.

불환不還. 욕망이 존재하는 세계에 돌아오지 않는다는 뜻이다. 다시는 돌아오고 싶지 않다. 3초마다 번뇌에 멱살 잡히는 마음을 끄고, 적멸의 강에 이르러야 가능하리라. 눈먼 거북이가 백 년에 한번 물 위로 올라와, 떠다니는 판자에 머리가 끼일 확률보다 인간으로 태어나기가 더 어렵다는데, 이 귀하고 귀한 생生을 탕진하고 있다니. 아, 난 얼마나 더 억겁의 생을 태어나고 태어나서, 이 카르마karma 다 갚은 공덕으로 그 강에 닿을까.

그 강에 이르는 계단에 한 발을 올려놓은 자는 아주 느리지만, 현장법사가 온갖 요괴를 물리치며 구법求法을 향해 서쪽으로 나아갔듯, 포기하지 않고 끝까지 올라가게 될 것이다. 하여, 마침내 평화롭고 자유롭기를 꿈꾼다. 또한 이 생의 마지막 날엔 내 육신이 눈발처럼 날려 우주 속으로 사라지길 꿈꾼다.

2023년 봄
매화꽃이 떨어진 자리에서
정영희 쓰다

Contents

제1장

미네르바의 부엉이

어바웃 관종

관종關種, 관심종자의 줄인 말이다. 종자種子는 식물의 씨앗을 말하는데, 사람의 혈통을 낮추어 부르는 말이기도 하다. 영어로 '어텐션 호올attention whore'(관심병 환자)이라고 한다. 어텐션은 주목하라는 뜻이고, 호올은 매춘부, 절개가 없는 여자, 혹은 오입을 하다는 뜻이다. 이 두 단어가 합해져 관심종자, 관심병 환자로 번역된다. 풀이하자면 주목받기 위해서라면 무슨 짓이든 한다쯤 될 것이다.

호올이 반드시 부정적인 의미로 쓰이진 않는다. 가령 푸드 호올 Food Whore은 음식을 위해서라면 뭐든 할 사람으로 해석한다. 크레디트 호올Credit Whore은 남에게 관심을 끌기 위해 좋은 일을 하는 사람이다. SNS에서의 관심종자는 소셜미디어 호올Socialmedia whore이

—

라고 한다. 모두 살짝 비꼬는 의미가 들어 있긴 하다. 나를 여기 대입시키면 라이터 호올write whore이 되겠다. 글을 쓰기 위해서라면 무슨 짓이든 한다. 좀 다르게 혹은 넓게 해석하면 몰입이나, 편집증도 포함시킬 수도 있겠지만, '호올'이란 단어를 감싸기에는 궁색한 면이 있다.

어떤 일에 몰입하거나 편집증(스토커 제외)을 보이는 일은 님에게 피해를 주기보다 오히려 창조적 에너지로 작용하는 경우가 더 많다. 대표적인 편집광은 스티브 잡스다. 편집광의 다른 말은 '몰입의 천재'다. 스티브 잡스의 멘토이기도 한 비즈니스 사상가 그로브 인텔 회장의 『편집광만이 살아남는다』는 저서가 있다. 편집광만이 세상을 리드할 수 있다는 말일 것이다.

인류 최초의 관종은 고대 그리스인 헤로스트라투스다. 그는 아르테미스 신전을 불태운 방화범이다. 이유를 묻자, 유명해지고 싶어서 그랬다고 한다. 인간은 누구나 남에게 잘 보이고 싶고 튀고 싶은 욕망이 있다. 그러나 그런 욕망이 환자 수준에 이르게 되면 남에게, 혹은 인류에게 피해를 주거나 불쾌감을 준다.

보통의 사람들은 그런 욕망과 본능을 슬쩍 감추거나 극복한다. 그런 것이 교육의 힘이고 지성의 힘이다. 원초적 욕망을 대리만족할 수 있는 게 연예인을 보는 일이다. 연예인은 재능이 많은 대중 예술인이다. 그들은 대부분 소비되므로 마음껏 본능에 충실하게 끼를 발

—

산해도 된다. 범부들을 대리만족시켜주는 대가로 엄청난 부를 축척한다. 자칫 어린 나이에 부와 인기를 다 가지게 될 때 주의해야 한다. 그 순간 잠시 멈춰서서 '인간은 어떻게 사는 게 가장 성공한 삶일까'를 질문해야 한다. 깊은 성찰이 필요하다. 그렇지 않으면 심한 허무와 공허와 끝임없는 결핍과 우울에 시달리게 된다. 질문하는 자는 답을 찾으려 노력한다. 질문하지 않는 자들이 위험하다.

김범수 '카카오 이사회' 의장에 이어 '배달의 민족' 김봉진 창업자가 재산의 절반을 사회에 기부(2021년)하겠다고 선언했다. 그들은 인생을 어떻게 살아야 하는지, 진정 성공한 삶은 무엇인지 아는 자들이다. 인류가 '함께 같이' 잘 살아가야 하며, '자기가 태어나기 전보다, 조금 더 살기 좋은 곳으로 만들어놓고 떠나는 것'이 진정한 성공임을 알기는 쉽지만, 실천하기는 쉽지 않다. 세상에서 성취를 이룬 사람을 다 존경할 필요는 없다. 자신의 성취를 세상에 환원할 수 있는 자만이 존경받을 수 있다.

오로지 제 몸과 제 외모를 가꾸는 것에만 일생을 바치는 여자 혹은 남자들이 많다. 식스팩과 꽃미남에 목숨 거는 남자들을 보면 불쌍하다. 자기만족이라고 하면 할 말은 없다. 그러나 대부분 여성의 관심을 끌기 위해 돈과 시간을 들이지 않는가. 그런데 안타깝게도 여성의 80%는 식스팩이나 꽃미남을 좋아하지 않는다. 여자들은 이야기를 잘하고, 자신의 말을 잘 들어주는 남자를 좋아한다.

—

스토리가 없는 남자 혹은 여자는 매력이 없다. 미국의 시인 뮤리얼 루카이저는 '우주를 구성하는 건 원자가 아니라 스토리'라고 했다. 인류의 역사는 히스토리history로 이루어져 있다. 스토리가 없다는 건 내면에 아무것도 없다는 것이다. 스토리란 인간이 세상과 만나면서 세상을 설명하고 해석하는 능력이다. 타인을 만났을 때도 그 타인을 느끼고 공감하고 나름대로 해석하고 분석하면 저절로 스토리가 생겨난다. 세상에 대해 알고 싶지 않고 타인에 대해 전혀 관심이 없다면 스토리도 없다. 누군가를 좋아할 때도 스토리가 있으면 '러브 스토리'가 되지만, 스토리를 생략하면 '포르노'가 되고 만다.

그런데 그 스토리라는 게 오로지 부와 외모와 조건에만 있다면, 부와 외모와 조건이 사라진 후의 허무와 공허를 어떻게 감당할 것인가. 부는 언제든지 사라질 수 있는 눈[雪]과 같고, 외모는 시간이 흐르면 중력에 의해 주름이 지게 되어 있다.

내 오피스텔을 들랑거리는 또래 여자가 있었다. 어찌나 성형을 많이 하는지 올 때마다 사람이 달라져 있다.

— 날로 날로 진화를 거듭하네요.

웃으며 한마디 했다. 그러자 그 여자는 '모든 여자들이 다 똑같이 선생님처럼 지적이라면, 남자들은 어떤 여자를 선택할까요?' 하고 말했다. 나는 깜짝 놀랐다. 대한민국에서 최고의 여자대학을 나왔다는 여자의 입에서 나온 말이다.

—

― 아니, 미자(가명) 씨는 오로지 남자에게 간택되기 위해 사세요? 지금이 명나라 시대예요? 조선 시대인가요?

AI처럼 변해버린 그녀의 얼굴을 보며 헛웃음을 웃고 말았다. 참 처량한 삶이라는 생각을 했다. 그녀는 '어떤 이념도, 어떤 권력도 아름다움을 이기지는 못해요'라고 했던가. 어디서 주워들은 말인지. 정말 관종들 피곤하다. 가짜들 피곤하다. 반짝인다고 다 금金인 줄 아는 바보는 없다.

의학은 인간의 욕망을 먹고 자라는 학문 아니던가. 정신건강을 위해 살짝 보수공사를 하는 건 귀엽게 봐주겠는데 도로공사처럼 다 갈아엎으면, 스스로 금도금이 되어버린다. 금으로 도금한다고 구리가 금이 되지 않는다. 구리가 금보다 못하다고 생각하다니. 구리는 구리고 금은 금이다. 스스로를 속이고 기만하고 있으므로 끝임없이 죄책감에 시달린다. 늘 불안하다. 거울만 쳐다보고 산다. 시간이 흐르면 처지게 되는 살을 견디지 못하고 또 당기러 간다.

당기고 당기고, 고치고 또 고치면 못 고칠 리 없겠지만 절대 청춘을 이기진 못한다. 자학행위일 뿐이다. 청춘을 흉내내며 인생을 낭비하지 말고, 나이 들어가는 자신을 사랑하면 안 될까? 남을 사랑할 생각 말고 자기 자신을 사랑할 필요가 있다. 마주 앉아 아무리 진실된 말을 주고받아도 그 진실된 말이 가짜처럼 느껴진다. 도금한 금이 진짜일 리 없지 않은가. 그리스 신화의 나르시스는 어떻게 되었

―

는가. 결국 물에 빠져 죽고 말았다. 현대의 관종은 '악성나르시스'들이다. 집안의 쥐꼬리만 한 부나 권력을 등에 업고 몸 전체가 교만으로 가득차서 남에겐 관심이 하나도 없고, 타인을 사물 취급하는 또 다른 악성나르시스트들도 있다.

관종 정치인은 또 말해 무엇하겠는가. 목불인견이다. 튀어보겠다고 한 말이 자신의 무식을 폭로하는 꼴이 되기 십상이다. 관종 글쟁이 또한 튀어보겠다고 여기저기 정치적인 발언을 하다가 종래는 너덜너덜한 걸레처럼 목불인견이 되긴 마찬가지다. 정치인이든 글쟁이든 자기가 누구인지 끝없이 스스로에게 질문해야 한다. 자신의 정체성을 망각하는 순간 우리는 프랑켄슈타인이 되어버린다.

소셜미디어 관종들은 주구장창 자신의 얼굴만 올린다. 스토리가 없는 SNS는 지루하다. 인간은 '호모스토리텔러'다. 스토리를 먹고 산다는 말이다. 자신이 예쁜 줄 아는 여자는 매우 위험하고, 자신이 꽃미남인 줄 아는 남자는 피곤하다. 악성나르시스트들은 자기애가 강하면서 열등감도 깊다는 게 전문가들의 말이다. 깊은 열등감 무섭다. 나와 남을 다치게 한다. 그런 자는 빨리 돌아서라. 돌아서면 네가 일등이다. 내 속의 관종이 설치기 전에 빨리 자야겠다.

—

이방인을 위한 침대

이제 좀 잠잠해졌나? 무슨 심보인지 모르지만 극찬하는 영화나 베스트셀러가 된 책은 보지 않는다. 그 전에 먼저 보거나, 아니면 거품이 꺼지길 기다린 다음 본다. 찬찬히. 모든 선입견이 머리에서 지워질 때쯤 말이다.

이제 봤다, 〈노매드랜드〉Nomadland(2021, 클로이 자오 감독). 미국 아카데미 작품상, 감독상, 여우주연상을 받은 작품이다. 일단 미국에 사는 중국인 영화감독 클로이 자오, 그 자그마한 여인에게 기립박수 보낸다.

이 영화는 자본주의에 물들대로 물든 '우리 안의 얼어버린 감성의 바다를 깨뜨리는 도끼'다. 오래 전 본 어느 영화에서 소련 스파이가 뉴욕 호텔 방의 TV를 끄며 '더러운 자본주의'라고 중얼거리던 말이 생각난다. 이 영화도 자본주의의 추악한 뒷모습을 보여준다. 혹은 '복 받은 미국시민'들의 치부를 슬쩍 들춰 보여준 영화다.

2011년 1월 13일. 석고보드 수요의 감소로 미국 네바다 엠파이어 석고보드 공장이 폐쇄된다. 7월엔 엠파이어 지역의 우편번호가 사라진다. 우편번호가 없으면 집(규격화 된 사택)도 존재하지 않게 된다. 모든 마을 사람이 다 떠나고 없다. 남편이 죽고, 경리일을 보던 '펀(프란시스 맥도먼드)'은 폐허가 된 엠파이어를 마지막으로 떠난다. '선구자'라고 이름 붙인 밴에서 숙식을 해결하는 노마드(유랑민)가 된다. 아마존의 포장일, 캠핑장의 관리나 청소일, 패스트푸드점 등에서 단기 아르바이트를 하며 생계를 이어간다. 그녀는 자본주의로부터 추방당했다. 추방당한 그녀는 유랑족들과 만나면서 서서히 '노매드랜드'의 시민이 되는 이야기다. 논픽션 소설을 각색한 거라 다큐멘터리 같기도 하다.

4차 산업혁명이 도래하고, 지금의 모든 산업이 석고보드 광산처럼 폐쇄된다면 우리는 무엇을 할 것인가. 클로이 자오 감독이 의도했든 의도하지 않았든 영화 곳곳에 미국의 자본주의를 면도날처럼 예리하게 그어댄다. 퇴직연금이 550달러이고, 캠핑장 대여비가 375달러이다. 집이 없는 그녀는 퇴직연금으로 살 수가 없다.

이 영화에는 셰익스피어의 시詩가 두 번 나온다. 첫 번째는 펀이 마트에서 예전 같은 동네 살던 소녀와 우연히 마주쳤을 때다. 집이 없다면서요, 하고 묻자, 편은 집house이 없는 것과 (가족이 함께) 거주하는 곳home이 없는 것은 다르다고 말하며, 집은 있다고 말한다. 편은 자신이 가르쳐준 시를 기억하느냐고 물었다. 소녀는 뜨덤뜨덤 시를 외운다.

Tomorrow, and Tomorrow, and Tomorrow
Creeps in this petty from day to day.
내일 또 내일 또 내일
이 더딘 걸음으로 하루 또 하루
삶의 마지막 순간까지 기어가서,
우리의 어제늘은 흙덩이 죽음에 이르는
어리석은 자들 앞에 비추리,
꺼져라, 꺼져라 짧은 촛불아!

셰익스피어의 〈맥베드〉에 나오는 대사다. 〈맥베드〉는 인간의 욕망이 가져오는 파국에 관한 희곡이다. 편은 5년간 교사를 했던 이력이 있다. 그녀는 셰익스피어를 아는 지성인이다. 어쩜 이 대사가 이 영화가 던지는 메시지인지도 모른다. 인생은 '짧은 촛불'과 같고, '덧없는 이야기'에 불과하다. 인간의 욕망이란 편의 욕망이 아니라, 자본주의를 숭배하는 인간들의 욕망이다.

펀은 차를 고칠 비용을 빌리기 위해 언니 집으로 간다. 그곳에서 만난 남자들은 2008년 금융위기가 닥쳤을 때 폭락한 집을 여러 채 사서 돈을 많이 번 이야기를 주고받는다. 그들, 철저히 자본에 물들어 남의 아픔이나 배고픔은 전혀 보이지 않는 사람들. 자본주의 사냥꾼들, 그들은 자신들의 자본 증식을 위해 사람들을 황야로 추방하는 자들이다.

두 번째 시는 유랑을 즐기는 청년을 만났을 때다.

그대를 여름날에 비할까?
그댄 여름보다 사랑스럽고 부드러워라
거친 바람이 5월의 꽃봉오릴 흔들고
우리가 빌려온 여름날은 짧기만 하네
때론 하늘의 눈은 너무 뜨겁게 빛나고
그 황금빛 얼굴은 번번이 흐려진다네
아름다운 것들은 아름다움 속에서 시들고
우연히 혹은 자연의 변화로 빛을 잃지만
그대의 여름날은 시들지 않으리
그댄 아름다움을 잃지 않으리
죽음이 그대를 그늘로 끌고 가지 않을 수도 있네

그대가 영원히 운율 속에 깃든다면

사람이 숨을 쉬고 눈이 보이는 한

이 시詩는 살아남아 그대에게 생명을 주리

셰익스피어의 「소네트 18」. 금방 사라지는 짧은 청춘을 여름날에 비유한 소네트. 소네트sonnet란 14행짜리 정형시를 말한다. 유럽 중세 때부터 널리 퍼진 시詩 형태이다. 펀이 결혼식 날 낭송했던 시다. 짧았던 청춘은 금세 사라지지만, 시를 아는 사람은 결코 죽음이 그대를 그늘로 끌고 가지 못한다는 시.

평생 대출받아 산 집의 빚을 다 갚고 퇴직 후, 마당에 세워둔 요트를 타고 여행을 떠날 꿈을 꾸던 빌은 퇴직 후 3일 만에 죽는다. 그걸 본 동료는 인생이 짧다는 걸 느끼고 시간 낭비하지 않기 위해 노마드가 된다.

— 우린 기꺼이 돈의 멍에에 속박되어 한 평생을 살아가죠. 가축의 비유가 생각나네요. 열심히 죽어라 일만 하다가 벌판으로 쫓겨나는 가축. 우리가 그런 신세죠. 이 사회가 우릴 벌판으로 내쫓으면 우린 함께 서로를 돌봐줘야 합니다. 타이타닉호는 침몰하고 있고, 경제위기는 커지고 있습니다. 지금 제 목표는 최대한 많은 구명보트에 최대한 많은 사람을 태우는 겁니다.

유랑민을 돕는 단체를 만든 '밥 웰스'의 말이다. 그는 작별인사를 하지 않는다. '언젠가는 다시 만나자'라고 한다. 그는 아들을 먼저 보낸 사람이다. 언젠가는 아들을 다시 만나리라 생각한다. 클로이 자오는 밥 웰스를 통해 불교의 윤회관을 내비친다. 그녀의 동양적 사고, 유교, 불교, 도교의 세계관은 도처에 있다.

― 별이 폭발하면서 뿜어낸 플라즈마와 원자가 가끔 지구에 떨어져서 땅을 기름지게 하고 우리의 일부가 되죠.

유랑족에게 망원경으로 목성을 보여주던 천체물리학자가 한 말이다. 빅뱅이 있고, 그 입자들은 모여 생명체가 되고, 인연이 다해 죽어 흩어지면 다시 우주의 에너지로 환원된다.

이 영화를 보는 내내 내 머릿속을 떠나지 않은 시는 따로 있었다.

나는 무엇을 할 것인가? 유랑이 없다면

그리고 강물을 응시하는 긴 밤이 없다면

나는 무엇을 할 것인가?

강물은 나를 너의 이름에 묶는다

……

우리는 가벼워졌다

먼 바람 속 우리의 집들만큼이나

우리, 당신과 나는 구름 속의 이상한

존재들과 친구가 되었다

―

우리들은 정체성의 땅이 주는 중력에서 해방되었다

우리는 무엇을 할 것인가? 유랑이 없다면,

그리고 강물을 응시하는 긴 밤이 없다면

우리는 무엇을 할 것인가?

강물은 나를 너의 이름에 묶는다

그 무엇도 너를 제외하고는 내게 남은 것 없다

이방인의 허벅지를 애무하는 이방인

오, 이방인이여! 남겨진 이 고요함 속에서,

두 전설 사이의 토막잠 속에,

우리는 무엇을 하게 될 것인가?

— 마흐무드 다르위시, 「유랑이 없다면, 나는 누구인가?」 부분(1999)

마흐무드 다르위시(1941~2008)는 팔레스타인의 계관시인이다. 1988년 팔레스타인 독립국가 선언문을 작성하기도 했다. 현재도 진행 중인 이스라엘과 팔레스타인의 70여 년의 분쟁을 쉽게 재단할 수는 없지만, 팔레스타인 민족은 자신들이 살던 나라에서 추방당했다. 그는 추방당한 팔레스타인인들의 분노와 아픔을 노래했다. 언제나 고향으로 돌아가길 꿈꾸다가 종래에는 인간은 이 우주를 유랑하는 존재임을 깨닫는다. 유랑이 없다면, 나는 누구인가? 유랑이 없다면, 우리는 무엇을 할 것인가? 이 통찰에 이르기까지 그는 얼마나 아팠을까.

지구에 온 최초의 유랑족 중 누가 '내 땅'이라고 말뚝을 박기 시작했을까. 장 자크 루소는 '최초로 말뚝을 박고 내 땅이라고 말한 그 자를 죽여야 한다'고 말했다. 그렇게 내 땅이라고 울타리를 치기 시작하면서 인간 욕망의 발톱은 자라고 자라, 방향을 잃어버리고 오로지 자본의 증식과 소유와 집착과 애착과 권력욕만을 추구하게 되었다. '맥베드'처럼.

펀은 빈집 앞에 오래 서 있거나, 빈집에 들어가 여기저기를 둘러보거나, 유랑에서 만난 노인의 아들집 식탁에 앉아보거나, 노인이 아들과 함께 치던 피아노를 만져보기도 한다. 그곳은 스위트홈sweet home이다. 그녀는 지구상에 더 이상 자신을 위한 홈은 없다는 생각을 한다. 하우스, 집은 있다. 선구자, 밴.

어쩜 그녀도 다르위시처럼 인간은 유랑하는 존재라는 통찰에 이르렀는지 모른다. 나는 '왜'라고 질문하기 시작하면서 황야로 추방당한 듯했다. 도덕주의자들로부터, 사랑으로부터, 우정으로부터, 자본주의로부터, 심지어 문학으로부터도 말이다. 추방당한 펀은 자연과 지구와 우주 만물과 교감하면서 노마드로 거듭난다. 나는 어떻게 거듭날 것인가.

우리는 모두 우주를 유랑하는 이방인들이다. 하여, 언제나 '이방인을 위한 침대'는 비워둬야 한다. 내가, 또한 당신이 바로 이 지구의 이방인이므로.

—

24

미네르바의 부엉이

미네르바Minerva의 부엉이는 철학의 추사성追思性을 비유한 말이다. 추사성이란 '철학이나 진리탐구가 어떤 사건에 선행하기보다는 일이 다 끝날 무렵에 알게 된다'는 뜻이다. 독일의 철학자 헤겔의 저서 『법철학』의 서문에 있는 '미네르바의 부엉이는 황혼이 짙어지자 날기 시작한다'에서 나온 말이다. 오랜 사유와 오랜 시행착오와 오랜 지혜의 연마 끝에야 비로소 현명한 판단이 가능하다는 얘기다.

사유의 가장 높은 단계가 철학이라 생각한다. 철학이란 인간과 세계에 대한 보편적이고 본질적인 질문과 그 대상에 대한 탐구다. 다시 말해 정답이 없는 질문을 끊임없이 하는 것이 철학의 근본이며, 오늘날 존재하는 수많은 학문의 원류이기도 하다. '왜'라고 질문하는 자만이 세계를 이끌어간다. 이미 나와 있는 정답을 잘 맞히기만 하는 자는 창조하는 자는 아니다. 일류는 아니라는 말이다. 그러나 오히려 세상은 정답을 잘 맞혀 일생 편안하게 사는 사람이 더 많다.

미네르바는 로마 신화에 나오는 여신이며, 그리스 신화의 아테나에 해당한다. 신들의 왕 제우스와 첫 번째 아내 메티스 사이에서 태어났으며, 올림포스 12신 가운데 하나다. 메티스가 임신했을 때, 땅의 신 가이아가 메티스에게서 태어나는 아들이 제우스의 지위를 빼앗을 것이라는 소리를 듣고, 제우스는 메티스를 삼켜버린다.

그런데 태어날 시기가 되었을 때 심한 두통을 못 견딘 제우스가 헤파이스토스(대장장이)에게 도끼로 자신의 머리를 쪼개달라고 부탁한다. 머리를 쪼개자 그 속에서 아테나가 갑옷을 입은 모습으로 함성을 지르며 태어났다. 남성 전쟁의 신이 아레스라면 여성 전쟁의 신은 아테나, 미네르바다. 미네르바는 전쟁과 지혜의 여신이다. 미네르바는 항상 부엉이를 데리고 다녔다.

부엉이는 야행성이며 서양에서는 지혜의 상징이다. 말하자면 지혜의 상징인 부엉이가 해가 져야 활동하듯이 지혜도 모든 일이 끝나는 저녁 무렵에야 피어난다는 뜻이다. 이걸 인간에게 대입하면 황혼 무렵이 되어야 비로소 인간도 지혜로워진다는 말일 것이다.

한국에서 미네르바는 2009년 '표현의 자유'의 상징으로 회자된 적이 있다. 2008년 한 인터넷 논객이 '미네르바'라는 필명으로 정부의 경제 정책을 비판하는 글을 쓰면서 주목을 받았다. 리먼 브러더스사의 파산을 예견하는 등, 정부의 정책을 비판하는 수위가 높아지자, 서울 중앙지검에서 '인터넷상의 허위사실 유포'죄로 긴급 구속했다. 그러나 '미네르바'는 석 달 만에 무죄로 풀려났다. 이 일로 지식인의 사회적 기능과 표현의 자유를 침해한 것이라는 열띤 공론을 불러일으켰다.

　서론이 너무 길었다. 인간의 삶도 아침이 있고, 낮이 있고, 황혼이 있으며, 밤이 있다. 이걸 인도의 인생4주기에 대입하면 아침은 공부하는 학습기學習期에 해당할 것이고, 낮은 결혼해서 아이를 낳고 기르는 가주기家住期일 것이고, 황혼은 숲으로 가서 수행하는 임서기臨棲期일 것이고 밤은 지혜를 전파하는 유행기遊行期에 해당할 것이다.

　그럼 인생의 황혼은 언제부터 황혼일까. 아무리 장수하는 시대라고 해도 육십갑자를 다 산 이후는 인생의 황혼기라고 봐야 하지 않을까. 여태 정신없이 살아왔다면 이제는 정신을 차리고 자기 자신을 돌아봐야 한다. 그런데 대부분의 사람들은 '나이는 숫자에 불과하다'며 청춘을 흉내내려 한다. 나이는 숫자에 불과하다는 이 천박한 문장은 끝임없이 욕망을 부채질해서 물건을 팔아먹으려는 자본주의의 더러운 상술일 뿐이다. 자기 자신의 빈약한 내면을 돌아보고 지성과 지혜를 공부할 생각은 하지 않고, 발악하듯이 겉모습만 젊게 보이려고 한다.

특히 남자들은 그저 젊고 예쁜 여자에 탐닉한다. 성욕이 사라지면 금방 무덤으로 들어가는 줄 착각한다. 감각과 본능을 이겨내는 게 지성이다. 도대체 배운 사람과 배우지 못한 사람이 다르지 않다면, 왜 교육이 필요한가. 본능대로 짐승처럼 살 거면 배움이 왜 필요한가 말이다. 어느 날 내게 하소연한 후배의 말이 며칠을 생각하게 만들었다.

예쁘고 글 잘 쓰는 싱글인 후배가 있다. 그 후배에게 어느 봄날 모르는 번호의 전화가 걸려왔다. 전화를 건 사람은 25년 전에 잠시 알았던 분이었다. 그 분은 기업을 운영하기도 했다. 풍채도 있고, 인물도 좋고, 학벌도 K고와 S대를 나왔으며 아이비리그 출신 유학파이기도 했다. 이미 고인이 되었을지도 모르는 나이(82세)였다. 후배는 너무 반갑게 전화를 받았다. 후배는 나이만 빼면 자신이 만난 어떤 사람보다 집안 좋고, 학벌 좋고, 부자고, 인품 있는 사람이라고 했다.

가난한 문인단체에 기부도 하는 훌륭한 분이라고 했다. 평소 존경하던 분이라 저녁을 같이하자는 걸 흔쾌히 응했단다. 모습도 망가지지 않고 여전히 멋있었다고 했다. 그런데 시인 최영미의 표현을 빌리자면 은근히 '진주'를 기대하며 자꾸 유도하더라는 것이다. 도대체 그 나이에 그 지성은 어디 가고, 그 지혜는 다 어느 시궁창에다 버리고 자신을 그런 식으로 대하는지 모르겠다고 했다.

— 언니, 인간에 대한 환멸을 느꼈어요. 그 나이가 되어서도 아직

도 '진주'를 꿈꾸고 있다니, 참 슬펐어요.

후배의 전화를 받고 오래도록 '천박함'에 대해 생각했다. 천박함의 반대어는 우아함 혹은 품위 있음일 것이다. 인간은 어떻게 우아하고 품위 있게 나이들 수 있을까. 아침 태양도 찬란하지만 황혼녘의 저녁 노을도 얼마나 장엄하게 아름다운가. 만물을 먹이고 자라게 한, 뜨거운 한낮의 시간을 지나 곡식이 열매를 맺게 하는 시간, 가을의 시간, 충만의 시간, 황혼의 시간은 또 얼마나 거룩한가. 그때를 아는 공부, 자기 자신을 아는 수행을 해야 한다. 그 분은 황혼이 되어도 욕망과 집착을 갈무리하는 수행을 하지 않았고, 수행을 하지 않았으니, 밤이 되어도 지혜를 전파할 게 아무것도 없고, 오직 짐승처럼 본능만 남은 가난하고 천박한 노인으로 추락하고 만 것이다.

— 지혜가 당신을 지루한 늙은이로 변모하게 할 것이다.

어디에 나오는 말인지 모르겠다. 악마적인 문장으로 보아 「파우스트」(요한 볼프강 폰 괴테의 희곡)의 악마 메피스토펠레스의 대사 같기도 하다. 악마는 파우스트가 지혜로워지는 걸 싫어한다. 학문의 한계성을 절감하고 회의에 빠진 파우스트 박사는 절망하여 자살하려 한다. 이때 메피스토펠레스가 자신이 유혹할 수 있다고 장담하며 하느님과 내기를 한다.

메피스토펠레스는 파우스트에게 쾌락적인 삶을 선사하는 대신 영혼을 넘겨받기로 계약한다.

— 아, 내 가슴속엔 두 개의 영혼이 깃들어 있어 하나가 다른 하나와 떨어지려고 하네. 하나는 음탕한 애욕에 빠져 현세에 매달려 관능적 쾌락을 추구하고, 다른 하나는 과감히 세속의 티끌을 떠나 숭고한 선인들의 영역에 오르려고 하네.

괴테의 희곡 「파우스트」는 악마의 도움을 받아 젊어진 파우스트 박사가 '두 개의 영혼'과 투쟁하는 이야기다. 순결한 처녀 그레드헨을 유혹하여 파멸하게 하고 죽음에 이르게 한다. 온갖 역사적 과거와 신화적 과거가 뒤섞인 추악한 세계에서도 그는 결국 신의 은총을 받은 그레트헨의 숭고한 사랑에 의해 구원받는다. 이 결말은 '악마조차 선을 창조해내는 힘의 일부분'이라는 괴테의 종교관에서 기인된 것이라 여겨진다.

악마에게 영혼을 판 파우스트의 추잡한 방탕함을 우리는 도처에서 목도한다. '과감히 세속을 떠나 숭고한 선인들의 영역에 오르려고' 수행하는 기간이 황혼녘이다. 미네르바의 부엉이는 황혼녘에 날아오른다. 이 시대에는 미네르바의 부엉이는 다 사라지고 없는가.

—

보이차, 그리고 커피

세계 차나무의 모수母樹라고도 하는 대엽종 차나무에서 딴 잎을 햇빛에 말리거나 발효하여 만든 중국차가 보이차普洱茶다. 여러 지방에서 생산된 차를 중국 윈난성 남부의 보이지구에 집하하여 각지로 보낸다고 하여 이 이름을 부르게 되었다. 녹차는 신선한 차를 상품으로 치지만, 보이차는 오래된 것을 상품으로 친다. 보이차에는 생차生茶와 숙차熟茶가 있다.

생차는 차나무에서 딴 잎을 햇빛에 말려 만든다. 바로 만든 차는 청년처럼 싱싱하지만, 부드럽고 그윽한 맛은 없다. 쓰고 떫은맛이 남아 있어, 특히 나처럼 위장이 약한 사람은 먹고 나면 위통이 있을 정도로 기운이 강하다. 그러나 세월이 지날수록 강한 기운이 가라앉

—

31

으면서 맑고 그윽한 황색 차로 변한다.

숙차는 악퇴발효시킨 차를 말한다. 악퇴발효渥堆醱酵는 찻잎에 물을 뿌린 후 두텁게 쌓아 인공적으로 발효시키는 방법이다. 악퇴발효시킨 숙차는 탕색이 진한 붉은 빛이 난다. 세월이 지날수록 맛도 진하고 순하고 부드럽고 달다. 나는 이 숙차를 마신다.

보이차는 누룩처럼 눌러 둥글게 덩어리진 병차 모양이 많지만, 네모진 전차도 있고, 사발 모양의 타차도 있고, 심장 모양의 긴차도 있고, 덩어리로 만들지 않은 산차散茶 등 여러 가지가 있다. 요즘 내가 주로 먹는 차는 2006년도에 구입한 산차다. 처음으로 올라오는 가장 여린 잎을 따서 만든 등급이 높은 특급 산차로 금빛이 난다해서 '금아보이金芽普洱'라고 한다.

중국 문명이 시작되는 초기에 황제 신농神農(농업과 의약의 신)이 독을 해독하는 차를 발견하여, 차와 중국문화가 함께 성장해왔다. 동한시대의 명의 화타의 '식론食論'에 '차를 오래 먹으면 생각이 깊어진다'고 차의 효능을 적어놓았다.

'보이차는 피부 부스럼을 치료하고, 소변을 잘 나오게 하며, 담을 삭이고, 갈증을 해소한다. 보이차는 흥분을 가라앉히고 체한 음식을 소화시킨다. 보이차는 약하게 쓰고 달며 맛과 기운이 강하고 세며 구토, 풍, 가래에 좋고 고기를 잘 소화시킨다. 보이차는 기를 다스리고, 막힌 곳을 뚫고, 풍한을 치료한다.'

보이차의 효능을 다룬 기록들은 엄청 많다. 보이차에는 탄닌이 다량 함유되어 있는데, 이 탄닌은 세균의 단백질을 응고하여 세균을 죽이는 역할을 한다. 또한 풍부한 비타민 공급원이며, 콜레스테롤을 낮추는 효과와 다이어트 효과가 있다고 현대의 과학자들이 입증한 바 있다.

20여 년 전 북경에 처음 갔을 때 보이차를 만났다. 그때 전날 먹은 기름진 음식에 체해 있었다. 소화제를 먹어도 효과가 없었다. 위가 멈춘 듯한 상태였고, 머리가 깨질듯이 아팠다. 그런데 가이드가 데리고 간 차상회에서 보이차를 시음하게 했다. 붉은 자사호紫沙壺(붉은 모래로 만든 다기)에 우린 뜨거운 차를 서너 잔 마시자 멈춘 듯하던 위가 꼬물 움직였고, 한순간 머리가 맑아졌다. 그때부터 보이차 사랑이 시작되었다.

모든 일에는 수업료가 있게 마련이다. 북경에서 사온 자사호는 엄청 마음에 드는데, 보이차는 그날 차상회에서 먹은 차가 아니었다. 그날 시음을 한 차는 등급이 높은 차였고 내가 사온 차는 등급이 낮은 차였다. 물론 차를 우리는 방법이 서툴렀을 수도 있다. 그러나 분명 북경에서 먹던 그 부드럽고, 개운하고, 촉촉하고, 상쾌하며, 뒷맛이 달고, 단침이 고이는 차는 아니었다. 떫은맛이 강하고 혀를 찌르는 듯했고, 촉촉한 게 아니라 오히려 목마르게 하는 느낌이었다. 아마 연식이 오래되지 않은 차였을 것이다. 연식이 오래된 차는 엄청

비쌌다.

뜻이 있으면 길이 있는 법. 인사동 여기저기를 도는 시행착오 끝에 좋은 루트를 가진 분을 알게 되었다. 그 분은 한의사였고, 그 분을 통해 평생 먹을 차를 다 사놨다고 해도 된다. 금아보이 한 박스와 여러 개의 타차와 칠차병차 두 통을 샀다. 칠차병차는 차 한 편 한 편을 종이로 싼 다음 일곱 편을 죽순 껍질로 포장하여 한 통을 만든다. 그러니까 나는 14편을 산 셈이다. 2006년 내게 올 때 10년 된 거라고 했다. 그 말을 다 안 믿는다고 해도 벌써 25년이 되어간다. 보통 40년에서 60년 사이의 보이차가 가장 맛있다고 한다. 그런 차는 고가高價여서 잘 만나기 어렵다.

한 통에 일곱 편씩 싼, 12통을 대나무 광주리에 담아 한 광筐(광주리)을 만들고 두 광을 말이나 노새의 등 양쪽에 싣고 마방馬幇들이 차마고도茶馬古道를 통해 운반했다. 지금은 차를 말에 실어 운반하지 않지만 대나무 광주리에 넣어 한 광씩 포장하는 방법은 이어져 오고 있다. 차마고도는 차茶와 말馬을 교역하던 인류 역사상 가장 오래된 교역로다. 그 높고 험준한 교역로를 따라 중국의 차와 티베트의 말이 교환되었다.

보이차를 마신다는 것은 5,500여 년 된 하나의 문명과 문화를 마시는 것과 같다. 시간과 공간을 뛰어넘어 과거와 현재와 미래가 하나로 이어지는 문명과 문화.

—

그럼에도 불구하고 커피를 끊은 적이 없다. 보이차를 만나기 훨씬 전부터 안 게 커피다. 커피는 첫사랑의 화인처럼 내 영혼에 지문을 남겼고, 그 사랑은 지금도 계속 중이다. 대학교 입학식 날 서클 선배들이 호객행위를 하며 건네준 다방커피. 밤에 잠자리에 누웠는데도 달콤쌉싸름한 그 맛을 잊을 수가 없었다. 지금은 뉴욕에 사는 절친 J와 커피를 마시러 다니기 시작했다.

사루비아, 모정, 유정, 유경, 보리수, 동아, 송죽, 고전… 모두 다방 이름이다. 커피값은 130원. 그 중 고전음악 다방은 클래식을 틀어준다고 200원이었다. 진종일 이 다방 저 다방을 다니며 붕어처럼 커피를 마셨다. 설탕 한 스푼에 프림 두 스푼. 독약처럼 진한 커피를 열 잔쯤 마신 날 밤. 손이 덜덜 떨릴 정도로 각성이 되어 잠을 잘 수가 없었다. 아, 이 각성을 풀 수 있는 방법은 없는가. 우유를 마셨지만 어림도 없었다. 아버지 몰래 양주를 스트레이트로 두 잔 마셨다. 미군부대 다니는 아버지 친구가 준 로열살루트21산. 파란 도자기병에 든 양주는 안이 보이지 않았다. 그 양주를 다 먹을 때까지 아버지는 몰랐다. 아버지는 술을 안 드시기 때문에 그저 병만 건재하면 되었다. 간이 커져 자주색 도자기병의 로열살루트21년산도 내가 다 먹었다. 순전히 커피 때문에.

그러다 '예몽'이라는 카페를 알게 되었다. 삐걱거리는 좁은 나무계단을 올라가면 테이블이 대여섯 개쯤 있는 작은 카페였다. 그 카페

주인은 쓸쓸한 테리우스처럼 생겼는데 커피를 시키니 예전과는 다른 커피를 갖다주었다. 아, 그 향과 맛은 아름답다고 밖에 설명할 수 없다. 세상의 어떤 음식도 그날 먹은 커피처럼 나를 새로운 세계로 인도한 적은 없다. 그 동안 먹은 커피는 구정물이었다. 매일 예몽에 출근을 했다. 재즈를 알게 되었고, 원두커피를 갈아 마시는 걸 알게 되었다. 원두커피가 콩처럼 생긴 것도 알았다. 커피 기는 기계를 사러 도깨비시장을 돌아다녔다. 도깨비시장에는 없는 것이 없는 무무당無無堂이다.

한동안 원두를 팔이 아프도록 갈아서 내려 마셨다. 조금 더 지나 커피메이커를 샀고, 갈아놓은 원두를 샀다. 베트남에 다녀온 이후로는 에스프레소에 꽂혀 에스프레소 뽑는 기계를 사서 보약처럼 에스프레소를 먹었다.

그러다 분당의 어느 찻집에서 먹은 커피가 깜짝 놀라게 맛있었다. 주인에게 무슨 커피냐고 물었고, 이탈리아의 '일리illy커피'라는 걸 알았다. 직구를 해서 한동안 이탈리아문화를 마시듯 행복하게 마셨다. 어느 날 마트에서 깡통에 든 일리커피를 발견했다. 너무 반가워 확인하지 않고 두 통을 샀는데, 집에 와서 보니 에스프레소였다. 다음 날 가봤지만, 내가 먹는 '클래식' 일리커피가 없었다. 심사숙고와 시행착오를 거쳐, 일리 에스프레소와 콜롬비아 스프리모와 케냐AA를 블렌딩Blending해서 먹고 있다. 전화위복이라고 해야 하나. 이 블렌

딩한 커피가 너무 맛있다.

커피는 16세기 에티오피아에서 시작해 이스탄불을 거쳐 유럽으로 유입되어 세계로 퍼져나갔으니 서양의 차다. 우리나라는 고종황제가 1895년 아관파천으로 러시아공사관에 머물면서 마시기 시작했다. 커피는 항산화 성분이 풍부하며, 당뇨병 예방에도 좋고, 치매와 파킨슨병 위험도 감소하는 효능이 있다. 보이차는 동양의 대표적인 차고 커피는 서양의 대표적인 차다. 내 몸은 매일 동양문화와 서양문화가 만난다. 그들은 만나 내 영혼을 명징明澄하게 하거나, 클린업 clean up(정화)하는 꽃을 피운다. 나는 글로벌 인간이다.

차와 커피는 벗과 같이 마시면 좋다. 그러나 그 벗을 그리워하며 혼자 마시면 더 좋다. 보이차, 그리고 커피는 우리의 인생을 풍요롭게 하는 자연이 준 경이로운 선물이다.

사자 혹은 원숭이

— 고흐의 말이 다 진실은 아님. 프레임에 갇히는 게 더 문제라고
생각함.

며칠째 산책을 할 때마다 A가 보낸 톡 메시지가 마음 한 귀퉁이를
물고 놓아주지 않았다. 전말顚末은 이렇다.

서울에서 산 지 40년이 되지만 경상도 사투리가 전혀 바뀌지 않은
나의 말투 때문이다. 서울에서 수십 년 산 친구들은 대부분 서울말을
쓰려고 노력한다. 특히 스튜어디스를 한 친구는 내 말투를 보고 나무
라기까지 했다. 교육수준 떨어져 보인다고. 그러거나 말거나 가식이
나 내숭이나 위선적인 언행을 하기에는 역부족인 나는 생긴 대로 살
아가고 있다. 나이 들면서 친구들은 내 사투리 섞인 말투를 재미있어

했다. 필이 꽂히면 몇 시간이고 혼자 유쾌하게 떠들기도 한다.

그러다 A가 톡으로 내게 유튜브를 해보라고 했다. 그 말투로 사주 풀이도 하고, 문학 얘기도 하고, 책 소개도 하고, 인생 이야기도 하면 금세 조회수 10만은 될 거라는 것이다. 농담으로 하는 말인가 했는데, A가 진지하게 개성 있고 차별화가 확실하니 정말 해보라고 푸시했다. 처음 듣는 말은 아니다. 옛날에도 두어 번 들었지만, 일단 유튜브의 반은 공해라고 생각하는 주의이며, 다음은 그럴 만한 재능이 내겐 없다.

— 사자는 원숭이 짓을 하지 않는다. (고흐)

궁여지책으로 퍼뜩 생각난 말이 빈센트 반 고흐가 동생 테오에게 보낸 편지의 문장이었다. 그러자 A가 보낸 답장 메시지가 '고흐의 말이 다 진실은 아님, 프레임에 갇히는 게 더 문제라고 생각함'이었다. 나는 뜻이 없으니 길이 없다는 메시지를 보냈고, 그만한 재능이 내겐 없다는 말로 대충 마무리했다.

그러나 며칠째 A의 말이 머리에서 떠나지 않았다. A는, 사자는 원숭이 짓을 하지 않는다는 프레임에 갇힌 걸 말한 걸까. 그러니까 사자도 배가 고프면 원숭이처럼 바나나를 따 먹어야지, 사자라고 원숭이 짓을 하지 않는다는 프레임에 갇힘을 말한 걸까. 아니면 유튜브의 반은 원숭이 짓이라는 프레임에 갇힌 내 생각을 꼬집은 걸까. 아니면 사자도 아니면서 사자인 척 말한 내가 살짝 빈정상해서 그랬을

—

까. 그러나 나는 A가 '고흐의 말이 다 진실은 아님'이라는 말에 꽂혀 있었다.

'사자는 원숭이 짓을 하지 않는다'는 고흐의 말은 진실이다. 사자는 사자이고, 원숭이는 원숭이다. 다시 말해 사자는 육식동물이고 원숭이는 잡식동물이다. 사자는 사자 짓을 하고 원숭이는 원숭이 짓을 한다. 사자는 굶어 죽을지언정 바나나를 따 먹지 않는다. 사자는 사자일 뿐 프레임에 갇힌 게 아니다. 또한 사자가 바나나를 먹지 않는 건 팩트일 뿐, 원숭이를 비하한 게 아니다. 하여, 고흐의 말은 진실이다.

그런데 나는 왜 고흐가 굶어죽은 것 같을까?

난 항상 내가 어딘가를 향하는 나그네 같다는 생각이 들어. 삶이 끝날 즈음엔 내 생각이 틀렸음이 밝혀지겠지. 그때가 되면 난 그림은 물론이고 모든 것들이 단지 꿈에 불과하다는 사실을 깨달을 거야.

동생 테오에게 쓴 고흐의 편지글 중 일부다. 비범한 천재의 가난과 고독이 느껴져 가슴이 저릿해온다. '어딘가를 향하는 나그네 같다'는 말은 예술가는 '지상의 별을 찾아 떠도는 순례자 같다'고 어느 책 '작가의 말'에서 한 내 생각과 비슷하다. 우리는 어쩜 허무를 아는 데 일생을 바치는지 모른다. 어느 순간 자신의 생각이 다 틀렸음이 밝혀지고, '모든 것들이 단지 꿈에 불과하다'는 사실도 어렴풋이 깨닫게 될 것이다. 이런 깨달음도 자신의 꿈이 있는 살리에르쯤은 돼야 괴롭게 인식하게 된다. 그냥 막 사는 사람들은 모차르트를 바라보며 살리에르가 왜 괴로워하는지도 모른다.

그러나 비범한 영혼들이 '어딘가를 향하는 것'은 허무가 아니다. 그들은 후대의 영혼을 위무하고, 용기를 주고, 인간이 왜 인간인지 증명하는 위대한 선구자들이다.

예술이 아니면 인간은 한 발짝도 밖으로 나올 수 없다.

어느 철학자의 말이다. 비트켄슈타인은 '인간은 말할 수 없는 것은 침묵하라. 말로 할 수 없는 건 표현해'낼 뿐이라고 했다. 여기서 '표현'이란 예술이다. 인간이, 범부들이 감히 표현할 수 없는 것들을, 엄두도 내지 못할 가난과 고독을 견디며, '어딘가를 향해' 가며, 그들은 표현해내는 것이다. 그 표현을 통해 우리는 밖으로 나올 수 있다. 그래서 우리는 예술가를 존경한다. 고흐의 생각은 틀리지 않았다.

그러므로 그는 말할 수 있다. 사자는 원숭이 짓을 하지 않는다고. 내가 할 소리는 아니다. 그러나 모든 '표현해내는 자'들은 자신이 사자라고 생각할 것이다. 고흐의 말에 고개를 끄덕이며, 공감하며 오랜 침묵을 견딜 것이다. 심연에서 돌순처럼 천천히 자라는 '표현'을 기다리며.

— 원숭이는 사자 짓을 하지 않는다.

바나나를 배불리 먹은 한 원숭이는 그리 말할 것이다. 저 언덕 위에 사흘을 굶고 엎드려 있는 사자가 불쌍하기 짝이 없다는 투로 말이다. 언제부턴가 세상은 원숭이왕국이 되었다. 원숭이왕국에도 사자는 산다. 배경으로.

I'm lion or monkey, this is question(나는 사자인가 원숭이인가, 그것이 문제로다).

어느 순간, 호구지책이 아니면 이 짓을 하기 싫다는 생각이 들 때가 있다. 이 짓이란 욕망덩어리인 저급한 생각으로 가득찬 사람의 사주를 풀어서 상담하는 일이다. 사주가 아무리 좋아도 욕심이 가득한 사람은 세상이 불평불만으로만 보인다. 내가 아는 어느 검사는 매우 훌륭한 사주를 타고났음에도 불구하고 감사는커녕, 늘 다른 이들보다 빨리 혹은 더 좋은 보직으로 가지 못한다고 불평불만으로 가득했다. 그렇게 세상을 향해 욕을 해대면 이 세상에 아직 존재하는 요정 메아리가 듣고 반드시 그에게 되돌려준다. 좋은 운인데도 일이 잘 풀리지 않는 자들은 자신을 돌아봐야 한다. 내가 세상에 얼마나 자비를 베풀었는지. 세상에 베푼 게 아무것도 없으면서, 세상이 자신에게 내놓기만 하라는 심보는 도둑의 심보와 같다.

반면 분명 힘든 사주인데도 생글생글 웃으며, '다들 힘들게 살잖아

요. 나만 그런 게 아니고'라고 말하는 긍정적인 사람이 있다. 그런 사람들의 마음에는 늘 자신보다 힘든 이들이 눈에 보이고 가슴에는 사랑과 자비와 연민으로 가득차 있다. 그런 사람 옆에 있으면 순해지면서 가슴 한 곳에 뭉쳐 있던 얼음덩이가 스르르 녹아내림을 느낀다.

나 혼자의 삶이었다면 사자 짓을 하며 살 수도 있겠는데, 스스로 맺은 인연들이 있어 원숭이 짓도 하며 산다. 그러나 어느 순간, 내 속에 윤리적 임계점이 있다는 사실을 알았다. 40년, 30년, 20년, 10년, 심지어 어젠 5년쯤 된 어느 여자의 전화번호를 차단했다.

늘 의뢰인의 편이다. 불륜을 해도 그녀 편이고, 남의 남편 등을 쳐도 그녀 편이고, 딸을 창녀처럼 돈 많고 나이 많은 남자에게 미는 여자의 편이었다. 상담자의 기본자세는 그들의 이야기를 들어주는 것이고 공감해주는 것이다. 그 다음이 고통의 방편을 간명지를 보며 설명해준다. 고통을 덜 수 있는 방편은 딱 한 가지뿐이다. 욕망과의 거리두기다. 마음의 방향을 조금 바꾸는 일이다. 처음엔 모두 잘 알아듣고 평온한 얼굴로 돌아간다. 그러나 하룻밤도 지나지 않아 욕망과 탐욕 덩어리는 산사태처럼 그들을 덮쳐 다시 지옥으로 떨어지게 한다. 지장보살도 해결할 수 없을 욕심으로 가득한 마음들을 나 같은 원숭이가 감히 어찌 구제한단 말인가. 어느 순간 윤리적 임계점에 도달하면 나는 그들의 번호를 차단했다.

샤워를 하다 문득 외과의사들이 생각났다. 의사들은 우리 몸의 온갖 오물을 처리하며 수술하지 않는가. 그럼 나는 지금 직무유기를 하고 있단 말인가. 물론 나는 외과의사는 아니지만 탐욕에 빠져 고통받는 사람들의 마음을 조금이나마 치유하고 있지 않은가. 그들은 내게 온갖 번뇌 망상들을 쏟아내곤 편안해한다. 내가 의사보다 나은 게 뭔가,라는 생각이 들자, 부끄러워졌다. 불교의 모든 경전이 자비로 걸어가는 긴 계단이라는 말을 들었을 때 눈물이 났다. 차단했던 번호를 다시 해제했다.

고흐의 말이 다 진실이 아니다, 프레임에 갇히는 게 더 문제라고 한 A의 말은 1980년대 이데올로기에 갇혀 내편 네편을 강요하는 위정자들에게 해당되는 말이다.

나는 사자인가, 원숭이인가. 글쟁이의 삶은 사자이고, 역학자의 삶은 원숭이다. 내 속에 사자와 원숭이가 공존한다. 그러나 원숭이가 사자를 먹여 살린다. 대신 사자는 내 영혼을 지킨다.

Thank you monkey.

뒷담화의 효능

뒷담화. 담화談話와 우리말의 '뒤'가 합쳐져서 생겨난 합성어이다. 보통 뒷담화라고 하면 뒤에서 남을 헐뜯는 말이라고 생각한다. 그러나 누군가를 칭찬하는 말도 뒤에서 하면 뒷담화에 속한다.

누군가를 터무니없는 거짓말을 꾸며 학교생활이나 사회생활에, 회복 불가능할 만큼 치명적인 상처를 주는 행위는 뒷담화 수준이 아니라 범죄 행위에 속하므로, 내가 여기서 말하고자 하는 소프트한 뒷담화에는 해당되지 않는다. 뒷담화가 범죄행위에 속할 수 있음을 극명하게 보여준 작품이 박찬욱 감독의 〈올드보이〉(2003년)다. 학창시절 아무런 죄의식 없이 치명적인 거짓말로 뒷담화를 퍼뜨린 '오대수'는 한 생명을 죽음에 이르게 하고, 그 복수를 그대로 받는다.

회복 불가능할 만큼의 치명적인 상처는 아니지만, 새롭게 만나 십여 년 마음을 준 몇몇 친구들 때문에 한참 힘들었다. 여인들의 시기와 질투는 늙지도 않는 게 놀라웠다. 누군가와 대화를 할 때면 그 상처가 목까지 차서 자꾸 그 얘기를 하게 되었다. 심리학에선 마음의 상처가 치유될 때까지 누군가에게 말을 하는 게 정신과 치료에 도움이 된다고 했다. 그러나 그런 말을 하는 나 자신이 싫어, 한동안 묵언수행을 하듯 지냈다. 그 동안 책도 한 권 써내기도 하고, 선정禪定에 들듯 마음을 한 곳에 모아 고요히 생각하는 일을 자주했다. 태연자약하려 애썼다. 깊은 성찰의 시간이었다.

고통의 근원은 애착 때문이다. 시절인연으로 끝날 이들에게 애정을 준 나를 놓아주는 데 시간이 필요했다. 내가 진심으로 대했다고 해서 그들도 진심으로 대해야 할 의무는 없다. 진심을 헤프게 준 내 잘못이다. 마음을 다치는 인간 존재의 비애 때문에 아팠다. 말을 하기 싫었다. 마음이 더럽혀진 듯한 나 자신이 싫었다. 그런 옹색한 나를 바라보는 일은 더 싫었다. 애착을 내려놓는 혹독한 훈련이구나 싶었다. 그걸 문득 깨닫는 순간 그들이 내 스승임을 알아차렸다. 그러나 가슴으로 가기까지 또 시간이 필요했다.

그러던 어느 날 출근길에 뉴욕의 절친과 전화를 하다가 대학 때 관심종자에 별종인 선배 평을 같이하게 되었다. 그 선배 품평을 한참 하다가 문득 깨달았다. 내가 이렇게 말을 많이 하다니. 왜 이렇게 기운이 펄펄 나지? 밑바닥까지 내려가 있던 우울함이 한방에 사라졌다. 남들의 온갖 고민은 다 들어주고 명쾌한 답을 얻어가게 하면서, 정작 나 스스로의 우울함은 치료할 생각을 못하고 있었다. 그저 마음을 비우고 집착을 버리면 해결되는 줄 알았다. 잠시나마 그렇게 마음이 평온하긴 했었다.

세상은 오행으로 돌아간다. 목, 화, 토, 금, 수. 오행은 별들의 운행 리듬이다. 별들의 운행에 따라 사계절이 있고, 그 사계절이 우리 몸 안에도 있다. 우리 몸 안에도 목, 화, 토, 금, 수가 내재되어 있다는 걸 간과하고 있었다니. 별이 폭파하면서 만들어지는 원소들로 생명체가 구성되었으니, 당연히 별들의 움직임이 우리 몸 안에 인식되어 있는 것이다.

명리학에서 네 기둥의 여덟 글자에 오행이 잘 배치된 사주를 상급으로 본다. 물론 요즘에는 돈만 많으면 해결되지만, 의학이 발달되지 않은 시대에는 태과불급太過不及인 사주는 건강과 직결되었다. 오행이 골고루 있지 않고 치우쳐져 있거나, 한두 개 없는 사주는 나쁜 운을 만나게 되면 건강에 적신호가 온다.

간략하게 정리하면, 木 기운이 과하거나 약하면 간 쓸개 두통 신경 계통을 주의해야하고, 火 기운이 과하거나 약하면 심장 고혈압을 주의해야 하고, 土 기운이 과하거나 약하면 위장 비장 피부 근육 쪽으로 병이 오며, 金 기운이 과하거나 약하면 폐 대장 기관지 뼈 쪽이 약

—

하며, 水 기운이 과하거나 약하면 신장 방광 생식기계통을 주의해야 한다. 물론 가족력에 따라 달라진다.

그렇다면 우리의 감정도 은하계 별들의 운행에 따라 오행의 리듬에 따라갈 수밖에 없다. 木 기운이 과하거나 약하면 분노조절이 잘 안 되거나 기백이 없다. 적당히 있으면 봄의 기운처럼 추진력이 뛰어나고 계획을 잘 세운다. 火 기운이 과하거나 약하면 기뻐할 줄 모르거나 화를 잘 낸다. 적당히 있으면 늘 밝고 명랑하다. 土 기운이 과하거나 약하면 융통성이 없는 고집불통이 된다. 적당히 있으면 사고력이 뛰어나 중용의 미를 가지게 된다. 金 기운이 과하거나 약하면 세상만사가 슬프다. 자칫 너무 쓸쓸하고 외로워 우울감에 빠질 수 있다. 적당하면 감성적인 로맨티스트가 된다. 水 기운이 과하거나 약하면 두려움이 많다. 매사 겁이 많아 자신감이 떨어진다. 대인기피증이 올 수도 있다. 적당히 있으면 지혜롭고 처세에 능하다.

이건 거칠게 정리한 것이다. 사주 명리학은 이렇게 단면적으로 보지 않는다. 전체 사주와 대운과 해운의 흐름을 입체적으로 같이 보고 간명看命한다. 기쁠 때 기뻐하고, 슬플 때 슬퍼하고, 쓸쓸할 때 쓸쓸해하고, 두려울 때 두려워하는 건 건강하다는 증거다. 그 반대일 때가 문제이다. 봄이면 봄인 줄 알고 가을이면 가을인 줄 알아야 한다. 청춘이면 청춘인 줄 알고, 황혼이면 황혼인 줄 아는 게 지혜다. 별들의 운행에 역행한다면 인류는 멸종하게 될 것이다.

—

아무튼 나는 내 속에 내재해 있는 목, 화, 토, 금, 수 오행의 기운을 다 사용하지 않았던 것이다. 수도자도 아니면서 한동안 수도자처럼 수행하며 살았다. 인간은 혼자 살 수 없는 존재다. 서로 기를 주고받아야 한다. 지식과 지혜도 나누지 않으면 막힌다. 기가 막히면 죽는다. 겨우 죽지 않을 만큼 SNS에서 조금 소통하고 살았다. 몸 안의 오행을 다 사용하지 않고, 어느 한 오행을 억압하게 되면 마음의 병이 온다. 나는 목, 화 기운을 너무 사용하지 않은 듯하다. 목, 화 기운을 너무 사용하지 않으면 금 기운이 태과太過해진다. 그러면 우울증이 오기 쉽다.

인간이 하는 활동 중에 가장 많이 하는 게 말[言]이다. 말을 못하게 하면 폭력으로 나타난다. 하여, 누군가에게 하소연하지 못한 억울한 사람들이 '묻지미 폭행'을 하거나, 방화범이 되기도 한다. 보통 성인들은 하루 평균 16,000단어를 사용한다고 한다. 여자는 그 배는 될 것이다. 인간은 말을 마음껏 할 수 있는 시간과 공간이 필요하다. 하루에 말로써 우리 몸 속 오행을 일깨워 기혈의 순환을 도와야 하는 기운이 있다. 그러니 말을 해야 한다. 글을 쓰는 것도 방법이지만 가장 좋은 것은 목소리를 주고받는 것이다. 목소리는 우주의 기운과 교감하는 수단이다. 소리내 책을 읽거나 시詩를 낭송하면 금상첨화다. 수다를 많이 떠는 여자들이 남자들보다 오래 사는 이유이기도 하다.

측은지심惻隱之心, 인간을 불쌍히 여기는 마음. 수오지심羞惡之心,

—

불의를 부끄러워하는 마음. 사양지심辭讓之心, 겸손한 마음. 시비지심是非之心, 옳고 그름을 분별하는 마음. 맹자가 말한 사덕四德이다.

사람들은 비난과 비판을 구분하지 못한다. 시비지심이 부족하다. 위정자를 혹은 누군가를 비난하는 거는 그름이고, 비판하는 거는 옳음이다. 비판의식이 없다면 우리나라가 일제로부터 어떻게 독립을 했겠는가. 지성이 살아 있다는 말은 비판의식이 살아 있다는 말과 같다.

사람들은 뒷담화를 할 때 주로 시기 질투로 누군가를 비난하기 때문에, 뒷담화라는 말이 좋지 않은 말처럼 회자되는 것이다. 같은 영화를 보고, 같은 소설을 읽고 토론을 하는 것도 뒷담화다. 누군가가 우울증에 시달리고 있다면 얼굴을 마주 보고, 목소리를 주고받으며 뒷담화를 같이하라. 남의 욕이나 비난도 상관없다. 그렇게 해서 한 생명을 살릴 수만 있다면 뒷담화쯤이야 얼마든지 용서할 수 있다. 그러나 영화 〈올드보이〉에서처럼 회복 불가능한 치명적인 뒷담화는 금물이다.

내 건강을 지키고, 남의 생명도 구하고, 목소리를 내어 말을 하다 보면, 은연중에 자기 성찰도 하게 된다. 또한 뒷담화를 주고받으며 우의友誼를 돈독히 하니, 뒷담화의 효능은 일석사조인 셈이다. 그러나 마지막엔 반드시 좋은 점을 찾아내어 칭찬으로 마무리하는 게 두고두고 개운하다.

—

팔자를 고치는 법

신수身數(운수)의 계절이다. 요즘은 주로 30대가 주 고객층이다. 나리기 풍건등하이니 30대 또한 바람 앞에 등불처럼 불안하다. 어떻게 살아야 하나.

의외로 사주들이 좋다. 베이비부머(전후세대)세대들과는 비교할 수 없이 좋다. 그러나 그들은 모두 불안하다. 지난해 미국 퓨리서치 센터 설문조사에서 전 세계 17개국 중, 대한민국은 '물질적 풍요'를 1위로 꼽았다. 가족의 화목이나 건강이 아니라, 돈을 삶의 최고 의미로 선택한 것이다. 그 기사를 보고 한참 가슴이 먹먹해 딴짓을 하다 다시 신문을 보았다. 우리의 정신은 점점 더 후진되어간단 말인가.

— 경제 고성장시대는 지났습니다. 이제 경제가 저성장시대입니

다. 일본이나 유럽처럼 물건 아껴쓰고 절약하며 살아야 합니다.

재작년까지도 나는 이렇게 말했다. 그러나 이제는 그렇게 말할 수 없다. 집을 가진 사람과 못 가진 사람을 천당과 지옥으로 갈라치기해버린 위정자들 때문이다. 결혼을 엄두도 못 내는 젊은이들. 결혼은 했으나 아이 낳을 엄두를 못 내는 젊은이들. 그들에게 돈을 삶의 최고의 가치로 여기지 말라고 말할 수기 없다. 돈을 삶의 최고의 가치로 여기게 만든 게 누구인가. 요즘 집값이 떨어지는 이유는 고금리시대가 도래했기 때문이다. 그러니 집 없는 사람의 지옥은 계속된다.

어디서부터 단추가 잘못 끼워진 것일까. 대한민국은 지금 들끓는 욕망의 도그마에 갇혀 폭발 일보 직전 같다. 부동산으로, 주식으로, 코인으로, 돌아보면 죄 돈 벌었다는 사람밖에 없다. 젊은이뿐만 아니라 대한민국 모든 사람이 돈독이 올라 노름꾼이나 야바위꾼들처럼 눈에 핏발을 세우고 있다. 모두들 FOMOFear Of Missing Out(기회를 놓치는 공포) 증후군에 시달린다. 정치인들은 또 어떠한가. 내일 나라가 멸망해도 우리는 서로의 얼굴에 침 뱉으리라 다짐한 듯하다.

— 선생님, 팔자를 바꾸는 방법은 없습니까?

20년 가까이 상담을 하고 있다. 그 방법이 있으면 나부터 팔자를 바꿔 대통령이 되었겠다.

— 팔자를 바꾸는 방법은 없는데, 보수공사를 해서 조금 고치는 방법은 있지요.

연월일시 네 기둥의 여덟 글자, 사주팔자는 하느님의 프로그램이다. 태어날 때 신神이 인간의 이마에 찍어준 바코드다. 모든 사람의 팔자는 다 개별적이다. 쌍둥이도 다르게 본다. 불교적으로 해석하면 당신의 전생이나 전전생의 성적표다. 514,800개의 사주팔자 중 좋은 사주는 2프로에 불과하다. 100프로 맞는다면 98프로의 사주팔자를 가진 사람은 모두 죽어야 한다.

살짝 안 맞다. 왜냐, 지구가 23.5도 기울어져 있기 때문이다. 우리는 태어날 때 별들의 기운을 받고 태어난다. 별들의 운행 리듬과 함께 돌아간다. 그러니 명리학은 승률 76.5프로의 천문통계학이다. 매우 높은 확률이다. 이 80프로에 가까운 운명을 뛰어넘기란 쉽지 않다. 그러나 20프로의 가능성이 있다. 20프로, 또한 높은 가능성이다. 그래서 인생이 재미있다. 죽을힘을 다하면 80프로 운명의 장벽을 뛰어넘을 수 있는 것이다.

각설하고, 팔자를 고치고 싶은 사람은 마음의 방향부터 바꾸어야 한다. 태평성대를 선택할 수 없으니 마음의 방향부터 바꾸고, 그 다음 실천하면 된다.

첫째, 자신은 어떤 인간으로 살다갈 것인가를 생각해야 한다. 세상에는 고기를 잡는 사람이 있고, 농사를 짓는 사람이 있고, 과일을 키우는 사람이 있고, 옷을 만드는 사람이 있고, 범죄자를 잡는 사람이 있고, 피해자를 변호하거나 죄를 판단하는 사람이 있고, 아픈 사람을 치료하거나 간호하는 사람이 있고, 학생을 가르치는 사람이 있고, 나라를 지키는 사람이 있고, 노래와 춤으로 혹은 글과 그림으로 사람들을 위로하는 사람이 있고, 수도자로서, 또는 지구를 청소하는 일로서 존재하는 사람들이 있다. 각자 자신의 삶의 몫이 있는 것이다. 다시 말해 세상을 위한 소명召命의식을 가지는 게 좋다. 삶의 방향이나 뜻의 방향을 세우지 않으면 좌표를 잃은 배처럼 평생 우왕좌왕, 허둥지둥, 우물쭈물, 갈팡질팡하다 노년을 맞게 된다. 삶의 방향은 수정할 수 있지만, 너무 자주 수정하면 역시 삶이 누더기처럼 누추하게 되고 만다.

부자로 살다가고 싶다고? 괜찮다. 그러나 팔자가 부자 팔자가 아니면 이런 희망이야말로 '희망고문'이 된다. 우선 자기 팔자를 좀 알 필요가 있다. 돈이 많은 팔자라고 해서 다 좋은 게 아니다. 돈이 많은 사주는 신약하여 몸이 아플 수 있고, 공부 운을 칠 수가 있다. 몸이 약해도 좋고 공부 못해도 좋으니 돈만 많았으면 좋겠다고? 가능하다. 다만 베풀고 살지 않으면 단명短命한다. 재벌들을 자세히 보라. 행복해 보이는가? 그들은 더 불안하다. 자신들의 자산이 줄어들까 봐. 물질만 추구하는 삶은 악惡만 있는 짐승의 세계와 같다. 그들은 때때로 명사를 초청해서 선善의 세계인 문화와 예술을 주입해서 인간임을 각성하며 산다. 재벌들이 뮤지엄museum(미술관이나 박물관)을 많이 가지는 이유이기도 하다.

—

둘째, 감각적 욕망(성욕, 식욕, 소유욕, 소비욕)에 휘둘리지 않을 내공을 쌓아야 한다. 내공 쌓기가 만만치 않다. 이 힘은 고독을 견뎌야 하는 일이다. 고독을 견디며 내공을 쌓는 일은 독서뿐이다. 오락성 말고, 작품성 높은 영화도 괜찮다. 요즘은 감독들이 너무나 문학적이다. 문학이란 인간의 사상이나 감정을 표현한 예술이다. 예술이란 아름다움 혹은 추함을 표현하는 창조활동이다. 다른 사람의 성숙한 창조활동을 흡수해 자기 내면의 가치를 키우는 사람은 헛짓하지 않는다. 그닥 욕망에 휘둘리지 않는다. 방탕하지 않는다. 시간을 낭비하지 않는다. 하루를 알차고 충만하게 산다. 그 하루가 모여 인생이 된다는 걸 안다. 자본의 축적도 중요하지만 정신의 성장에 더 큰 기쁨을 느끼게 된다. 그 희열을 알면 불안이나 부러움이 사라진다. 쉽지 않다.

셋째, 감사하는 마음이다. 늘 불평불만만 하는 사람이 있다. 그런 사람은 절대 팔자가 고쳐지지 않는다. 평생 불평불만만 하다 죽을 공산이 크다. 삼라만상은 화엄華嚴(부처와 중생이 본래 평등하다)의 세계다. 들판의 꽃처럼 모두 다를 뿐이다. 패랭이꽃이 가시가 있는 장미를 부러워할 필요가 없다. 삶이란 고통의 바다다. 그 고통을 겪으며 나아가면 된다. 자신만이 겪는 바꿀 수 없는 고유한 삶을 사는 자신을 사랑하라. 고통을 겪으며 점점 성숙해지는 영혼을 알아차리게 된다. 소설책이나 영화를 많이 본 사람은 언제나 자신이 삶의 주인공임을 안다. 해서 삶의 복병이 나타나도 멋있고 당당하다. 물과 운명과 사랑은 제 갈 길을 잃어버리는 법이 없다.

넷째, 적선을 하라. 돈으로 목숨을 잇는다는 말이 있다. 어느 날 있어보이는 50대의 여인이 상담을 왔다. 남편과 나이 차이가 14살이나 났다. 남편은 연구원 출신이라고 했다. 사주는 편재偏財가 충이지만 두 번 결혼할 사주는 아니고 여자가 두 번 시집가는 사주였다. 그러나 나이차가 7살 이상 나면 팔자땜을 한다고 본다. 부부는 둘 다 초혼이었고 여태 잘 살고 있지만, 시부모가 물려준 재산을 남편이 사기를 당했다고 했다.

— 그 재산 안 까먹었으면 당신이 죽었을 겁니다.

여자는 눈이 동그래졌다. 편재는 큰 재물이기도 하지만 여자이기도 하다. 그 돈 안 나갔으면 당신이 큰 병 걸려 아팠거나, 죽었을 수도 있다고 했다. 사기를 당했으니 적선은 아니지만 크게 보면 그 사기꾼은 그 돈으로 가족을 부양했을지도 모른다. 적선은 이렇게 사람의 명줄을 이어주기도 한다. 마음으로든 물질로든 인색하게 살면 안 된다. 그렇다고 낭비하라는 얘기가 아니다. 자신이 감당할 수 있는 만큼의 보시를 말한다. 재산을 모으는 게 죄는 아니다. 그러나 적선을 하면 더욱 이자가 천문학적으로 불어서 돌아온다.

다섯째, 자신의 루틴routine을 만들어야 한다. 책상 정리를 잘한다든가, 집안을 깨끗하게 청소한다든가, 설거지는 절대 쌓아두지 않는다든가, 언제나 주차는 반듯하게 한다든지, 소식小食을 한다든지, 요가를 하거나, 운동을 하거나, 산책을 하거나, 반드시 하루에 자신이 정한 규칙을 지키려 노력해야 한다.

이상이다. 모두 쉽지 않은 일들이다. 그러나 티끌 모아 태산이다. 천 리 길도 한 걸음부터다. 어느 날 눈빛이 쓰윽 깊어지면서 팔자가 달라져 있음을 느낄 것이다. 우리의 모든 젊은이가 이렇게 산다면 대한민국의 운명이 달라지리라 생각한다. 성숙한 선진국으로 진입하게 될 것이다. 돈만 많다고 선진국이 아니다. 집단지성이 선진국을 만든다. 지성이란 감각과 본능을 이겨내는 힘이다.

종일 눈이 내린다. 폭설주의보가 내려졌지만, 나의 루틴을 지키기 위해 중무장을 하고 애견과 산책을 나갈 것이다.

―

제2장

이카루스를 위한 애도

아이스케키

아이스케키ice cake. 얼음과자라는 뜻이다. 영남지방에서는 일본식 발음인 '아이스께끼'라고 했다. 며칠 건 여고동창 둘을 오래간만에 만났다. 한 명은 대학도 동창이다. 다른 한 명은 외국에 오래 있다오 는 바람에 자주 보진 못했다. 옛날 여고시절 얘기를 하다 '아이스케 키'라는 말이 나왔다.

그녀들은 아이스케키 공장을 기억하고 있었다. 공장 뒤에 있는 내 방에서 그녀 둘을 앉혀놓고 시를 낭송했다고 한다. 난 기억나지 않 았다. 「미나리깡에서」라는 시는 기억났다. 여고 시화전에 걸었던 작 품이다. 외국에 있다온 친구는 기억력이 뛰어났다.

가을비가 장맛비처럼 오는 10월 3일. 어제는 태어난 지 일주일 되

—

61

는 여아 이름을 짓고 들어왔고, 오늘은 2시에 작명증을 찾으러 온 여아의 조부모를 만나고 들어왔다. 이름은 명리학으로 사주를 풀어 주역 괘상으로 뽑는다. 여아의 사주는 아주 훌륭한 선생 사주였다. 사주풀이를 한참 듣던 조모가 여아의 엄마 사주 같다고 했다.

— 며느리가 고등학교 영어 선생입니다.

생년월일시가 전혀 다른데도 사주를 풀면, 부모 자식 간은 직업이나 병이 비슷하게 나오곤 한다. 그럴 때마다 명리학이 신통하다.

세상에 태어나는 아이들의 이름을 짓는 일은 늘 엄숙하고, 어쩐지 숙연하고 또한 가슴 떨리게 한다. 한 생명의 이름을 명명한다는 일은 신神만이 할 수 있는 창조적인 일 아니던가. 내가 명명해준 수많은 생명들이 부디 한세상 잘 살아내길 기원한다. 원고를 탈고한 후 같은 이런 날은 독주를 마시고 싶다. 그러나 조니워커 한 잔에 얼음을 가득 넣고 토닉워터와 레몬즙을 넣은 하이볼을 만들었다. 하이볼을 플라스틱 스틱으로 젓다가, 불현듯 며칠 전 여고동창들과 나누었던 '아이스케키'라는 말이 떠올랐다.

'아이스케키'라는 말이 사전에 나오나 하고 검색을 해보다 깜짝 놀랐다. '어린아이들이 장난으로 여자아이의 치마를 들추며 내는 말'. 네이버 어학사전에 나와 있는 말이다. 초등학교 때 수없이 당한 일이었다. 나는 내가 아이스케키 공장집 딸이라서 그렇게 나만 놀렸는 줄 알았다. 1960년대에서 1970년 후반까지 통용되었을 말이 네이버 어학사전에 그대로 올라와 있다니. 지금도 아이들이 그런 놀이를 한단 말인가. 1970년, 해태 브라보콘이 나오면서 아이스케키 공장은 사양길에 접어들었다.

공장은 늘 기계 돌아가는 소리와 분주히 움직이는 일꾼들과 가게마다 아이스케키를 짐자전거로 배달하는 배달꾼들과 아이스케키를 팔겠다고 모여든 까까머리 초등학교 머슴애들로 북적였다. 그 속에는 간혹 우리 반 아이도 있었다. 나는 부끄러워 공장 뒤에 있는 집에서 나오지 않았다.

이제 고백하지만 나는 우리 집이 아이스케키 공장을 하는 게 부끄러웠다. 왜 부끄러웠는지 모르겠다. 어쩌면 돈 때문인지도 모른다. 그 당시만 해도 오 원짜리와 십 원짜리가 동전이 아니고 지폐였다. 저녁을 먹고 나면 방에서 그 돈을 기기런히 챙겨야 했다. 거짓말 조금 보태 방안 가득 돈이었다. 할아버지와 아버지, 어머니와 나는 돈을 챙겼다. 공부 잘하는 오빠는 늘 어떤 노동에서도 제외되었다. 꾸벅꾸벅 졸며 돈을 챙겼던 기억이 난다.

공장장인 친척 아재와 배달꾼들의 싸움은 늘 돈 때문이었다. 서로 셈이 맞지 않아 티격태격 언성을 높였다. 배달꾼 아저씨들은 주로 이북말씨를 썼다. 대부분 피난민들이었다. 아버지 책상 위에는 돈다발이 책처럼 쌓여 있었다. 사람들은 저렇게 억척같이 돈을 버는데도 왜 가난하며, 왜 아버지는 돈을 저렇게 좋아할까 싶었다. 늘 화가 나

—

있는 듯한 아버지를 피해다니느라 우울하고 외로웠다. 또한 어머니
는 시골에서 올라온 숙이 언니와 부엌에서 일꾼들의 밥과 새참을 하
느라 바빴다. 커다란 솥에 한 솥 가득 국수를 삶곤 했다.

나를 팔아 보증금 없이 아이스케키 통을 들고 나가 장사를 하던 까
까머리들은 통을 반납하지 않고 금호강변에 버리기도 했다. 공장장
인 아재는 그들을 잡으러 다니곤 했다. 간혹 다트처럼 야바위판을
만들어 삽시간에 아이스케키를 다 파는 아이도 있었다.

그 시절 일꾼 아저씨들은 가끔 나를 놀리곤 했다.

— 영희야, 참외를 잘 못 먹어 씨를 먹게 되면 배속에서 참외가 자
란데이.

나는 지금도 참외를 먹지 않는다. 그 소란 속에서 나는 언제나 이
편에 서 있었다. 지금 생각하면 모두 스크린 속 영화의 한 장면처럼
기억된다.

아버지는 오빠가 초등학교를 들어갈 무렵 과수원을 팔고 도시로
나왔다. 나는 다섯 살 때까지 살았던 적산가옥을 기억한다. 대문에
서 집까지 가려면 한 시진은 소요될 것처럼 넓은 마당에 우물이 있
었고, 우물가에 오래된 감나무가 있었다. 그 감나무 아래서 감꽃을
주워먹은 기억도 있다.

도시로 나와 아버지는 이것저것 사업을 하는 사이 기술을 익혔고,
초등학교 3학년에 다시 이사한 곳이 금호강변, 피난민들이 모여 사

는 동네였다. 동네 이름이 있었지만 사람들은 '새마을'이라고 불렀다. 학교를 가려면 철길 밑을 지나야 했고, 그 철길 옆에는 거지들이 모여 살았다. 그 옛날에는 거지들이 참으로 많았다. 내 또래임에도 그들은 학교를 가지 않았다. 학교를 가는 우리들을 무표정한 얼굴로 멀찍이서 바라보았다.

길거리에는 배가 부른 여인들이 천지였다. 우리 공장 앞에서 호떡을 구워 팔던 아주머니는 내가 기억하는 동안 늘 배가 불렀다. 아이를 낳아 업고 조금 장사를 하다가, 어느 날 보면 또 임신을 하고 있었다. 어린 나이에도 저 아주머니는 힘들 텐데, 왜 저렇게 아이를 많이 낳을까, 하고 생각했다. 그 모든 아이들이 오늘 날 베이비부머들이다. 불과 사오십 년 전 얘기다. 그때를 떠올리면 지금 우리가 누리는 일상이 얼마나 감사한 일인지.

— 께끼 간다, 께끼.

내 별명은 께끼였다. 여고시절 내가 지나가면 골목길에서 분명 초등학교 동창이었을 머슴애들이 침을 찍찍 뱉으며 말했다. 나는 두려움을 더욱 차가움으로 위장하고 곁도 보지 않고 꼿꼿이 걸어다녔다. 그때쯤은 이미 아이스케키가 사양길이기도 했지만, 삼각형으로 생겨 '삼각당'이라고 명명한 공장터가 도시계획으로 헐릴 위기에 있었다. 내가 대학을 들어가면서 아이스케키 공장은 문을 닫았고 아버지는 다른 일을 했다.

어린 날, 아버지가 선생님인 아이들을 가장 부러워했다. 아버지가 붓글씨를 잘 쓴다고 말하는 아이 앞에서는 어쩐지 기가 죽었다. 왜 우리 아버지는 학자가 아닐까 싶었다. 나름 아버지는 가족을 위해 온 힘을 다했을 텐데. 해질녘에 날아오르는 '미네르바의 부엉이'처럼 인간도 황혼이 되어야 철이 나는 모양이다. 산업이 없던 시절 아이스케키 공장을 한 아버지 덕에 정신적인 허영을 만끽할 수 있는 예술 쪽으로 관심을 가질 수 있었으니, 부친에게 감사해야 한다.

언젠가 가본 새마을동네는 완전히 개발되어 아파트촌이 되어 있었다. 그 아파트 아래 큰 도로변에 있던 '삼각당 아이스케키' 공장은 흔적도 없이 사라지고, 팔차선 도로에 수많은 차들만 씽씽 달리고 있었다.

가을비가 장맛비처럼 내리는 10월 3일, 개천절. 우리 민족 최초의 국가인 고조선 건국을 기념하는 국경일. 집으로 돌아오는 회안대로(서울에서 광주시 오포읍으로 가는 도로)에는 쌍으로 꽂아둔 태극기가 힘차게 펄럭이며 도열해 있었다. 빗속에서 펄럭이는 태극기는 왜 가슴을 먹먹하게 하는지.

전쟁의 상흔을 딛고 산업화를 이룩한 아버지들과 베이비부머를 생산해낸 어머니들과 그리고 황혼에 이런 나의 동지, 베이비부머들에게 이 가을 술 한 잔 올린다.

이카루스를 위한 애도

〈이카루스를 위한 애도〉(캔버스에 유채, 182.9X155.6). 영국화가 허버트 드레이퍼Herbert Draper(1863~1920)의 작품이다. '영국 국립미술관 테이트 명작전 - 누드(2017, 소마미술관)'전을 보러갔을 때, 모두들 로댕의 하얀 대리석 조각 〈키스〉에 열광할 때 나는 이 작품 앞에서 얼어붙은 듯 꼼짝을 못했다.

그리스 신화에서 헤라클레스에 버금가는 아테네의 최고 영웅이 테세우스다. 테세우스는 당시 해양강국인 크레타 섬에 제물로 바쳐지는 젊은 남녀 각각 일곱 명씩을 구하러 떠난다. 크레타 섬의 '미궁'으로 들어간 테세우스는 미노타우로스(황소머리의 괴물)를 죽이고 제물로 바쳐진 젊은 남녀들을 데리고 탈출한다.

화가 난 크레타의 왕 미노스는 들어가면 아무도 살아나오지 못하는 '미궁'의 설계자 다이달로스와 그의 아들 이카루스를 크레타 섬의 높은 탑에 가두어버린다.

다이달로스와 이카루스는 크레타 섬을 탈출하기 위해 새들의 깃털을 모아 밀랍으로 거대한 날개를 만든다. 마침내 탈출하는 날, 아버지는 아들에게 밀랍이 녹을 수 있으니 절대 하늘 높이, 태양 가까이 날지 말라고 당부한다. 그러나 높이 날수록 세상을 더 많이 볼 수 있음을 안 이카루스는 더 높이, 더 높이 날아오른다. 결국 태양열에 밀랍이 녹아 이카루스는 추락하고 만다.

내가 아는 신화는 여기까지다. 추락한 이카루스가 어떤 형상이었을까를 생각해본 적이 없는 나는 〈이카루스를 위한 애도〉라는 대작 앞에서 숨이 멎을 것 같았다. 그 이후로 본 파블로 피카소, 앙리 마티스, 오귀스트 르누아르, 에드가 드가 등 거장들의 누드 작품이 눈에 들어오지 않았다.

태양열에 검게 탄 이카루스가 바다요정 세 명에게 둘러싸여 있는 그림이다. 비파를 든 바다요정의 표정은 비통하다. 물론 그 요정들은 모두 누드다. 그러했으니 '누드전'에 전시되었을 것이다. 그러나 내 시선은 요정들의 누드가 아니라, 하늘을 높이 날다 추락한 이카루스의 주검에 가 있었다. 집으로 돌아와 독주를 마셨다. 세포가 쌀알처럼 곤두서서 잠들 수 없었다. 혼자 이카루스를 위한 애도를 했다. 며칠이고 우울했다.

불현듯 이 그림이 생각난 건 장자莊子 때문이다. 언제부턴가 단순 노동인 설거지나 빨래를 널 때면 유튜브를 라디오처럼 들으며 집안 일을 한다. 어느 날, 어느 철학자가 장자의 대붕大鵬 이야기를 했다.

북쪽 바다에 물고기 한 마리가 있었는데, 그 물고기 이름은 곤鯤이다. 곤의 둘레의 수치는 몇 천 리인지를 알지 못할 정도로 컸다. 그것은 변해서 새가 되는데, 그 새 이름은 붕鵬이다. 붕의 등은 몇 천 리인지를 알지 못할 정도로 컸다. 붕이 가슴에 바람을 가득 넣고 날 때, 그 양쪽 날개는 하늘에 걸린 구름 같았다. 그 새는 바다가 움직일 때 남쪽 바다로 여행하려고 마음먹었다. (중략) 메추라기가 대붕이 나는 것을 비웃으며 말했다. "저 놈은 어디로 가려고 생각하는가? 나는 뛰어서 위로 날며, 수십 길에 이르기 전에 숲풀 사이에서 날개를 퍼덕거린다. 그것이 우리가 날 수 있는 가장 높은 것인데, 그는 어디로 가려고 생각하는가?"

— 『장자 내편』 「소요유」 중에서

소요유逍遙遊란 세속적인 모든 억압에서 벗어나서 절대 자유의 경지에서 유유자적悠悠自適하는 것을 뜻한다. 유유자적이란 자기가 하고 싶은 대로 하고 사는 것을 말한다. 그 철학자는 그저 준비한 PPT

를 천천히 읽었을 뿐인데 베란다에서 빨래를 널다가 가슴에서 뜨거운 기운이 울컥 올라왔다. 그저 건성건성 듣고 있었는데 말이다. '저놈은 어디로 가려고 생각하는가?', 여기서. 나는 어디로 가려고 생각하는가.

장자는 '조건적 자유'에 대해 말하고 있었다. 붕은 바다가 움직일 때 남쪽 바다로 여행을 꿈꾸었다. 바다가 움직인다는 건 태풍을 말한다. 날개가 수 천 리인 대붕은 거대한 바람, 태풍이 와야지만 자유롭게 날 수 있다. 그러니 태풍이라는 악조건이 있어야지 자유를 향해, 자신의 꿈을 향해 날 수 있다는 말이다. 메추라기의 손바닥만 한 자유를 벗어나야지만 대붕처럼 구만 리 하늘에서 천하를 굽어보는 자유를 얻을 수 있는 것이다. 악조건인 태풍이 오지 않으면 대붕은 꿈을 펼칠 수 없다.

또한 물고기 곤은 어떤 꿈을 꾸었으며, 어떤 엄청난 악조건을 뛰어넘어 새가 되었을까. 그렇다면 악조건은 축복이 아닌가. 메추라기가 대붕의 꿈을 어찌 알겠는가.

속절없이 흐르는 눈물을 소매로 훔치며 이카루스의 비애가 생각났고, 허버트 드레이퍼의 〈이카루스를 위한 애도〉 명작이 떠올랐다. 이카루스는 비록 추락했지만, 태양열에 밀랍이 녹을 때까지 높이 날아올랐지 않은가. 그는 새들의 깃털을 모아 거대한 날개를 만드는 악조건을 감수했고, 밀랍이 녹을지도 모르지만 꿈을 향해 날개짓을 했다. 그러니 그는 실패한 게 아니다. 비록 바다에 추락했지만 크레타 섬을 탈출하는 데는 성공하지 않았는가. 그가 하늘을 날아 크레타 섬을 탈출할 꿈을 꾸지 않았다면, 늙어 죽을 때까지 높은 탑에 갇혀 살았을 것이다. 그는 꿈을 향해 날아올랐고, 또한 높이 날아올랐다. 꿈을 행行하다 최후를 맞이한 이카루스의 죽음은 거룩하고 장엄하다. 하여 오른쪽으로 고개를 돌린 그의 주검은 안식安息을 얻은 듯 평온했다.

그는 어쩜 죽음이 두렵지 않았을 것이다. 죽음은 삶의 고통을 멈추게 한다. 따라서 안락한 삶에 안주한 사람이거나, 꿈이 없는 사람은 죽음이 두려울지 모른다. 죽음이 두렵지 않은 사람만이 거대한 날개를 만들고, 다들 무서워하는 태풍이 오기를 기다린다.

나는 아직도 물고기 곤인가. 곤은 얼마나 힘든 고난을 겪고 겪어, 새가 되었을까. 대학 1학년 때부터 소설을 썼고, 어느 중앙 문예지에 중편소설이 당선되는 바람에 문학이라는 올무에 한 발이 물렸다. 올무에 한 발이 물렸다는 표현은 맞지 않다. 나는 작가가 되는 게 꿈이었다. 수많은 밤을 밀랍으로 새의 깃털을 붙여 날개를 만드는 고행苦行을 했다. 그래서, 그러니 물고기에서 새가 되긴 했다. 그러나 그 새는 매번 거친 바람(고난)을 타야지만 조금 날 수 있었다. 애초에 새가 되길 꿈꾸지 말았어야 했는지도 모른다.

비바람을 맞으며 오랜 세월 날개짓을 하다보니, 근육도 생기고 날

—

개도 조금씩 자라 웬만한 바람에는 놀라지도 않게 되었다. 그러나 아직 대붕이 되지 못한 새는 문득문득 태풍이 다가올까봐 두렵다. 나는 어디로 가려고 생각하는가? 진정한 대붕은 태풍을 두려워하지 않고, 오히려 자신을 따뜻한 남쪽 바다로 데려다줄 바람이라 여길 것이다.

러브스토리와 포르노

— 영희야, 핵심만 얘기해라.

교사로 퇴직한 고등학교 동기가 내 말을 끝까지 듣지 못하고 다그쳤다. 이야기는 아직 시작도 하지 않았는데 말이다. 사람들은 대부분 자세한 이야기를 듣고 싶어하지 않는다. 그냥 결과만 알고 싶어한다. 그런데 나는 왜 어떤 사건이든 자세하게 말하고 싶은 걸까. 그때의 바람의 방향이라든가 그때의 냄새라든가, 그때 멀리서 들리던 헬리콥터 소리라든가, 그때 그 사람의 차림새와 신발과 장신구와 립스틱 색과 표정과 심리와 눈빛 등을 말이다. 고등학교와 대학교를 함께 다닌 친구 A가 있다. 물론 대학 때 전공은 달랐다. A는 노래를 잘해 성악과에 들어갔고, 30년 가까이 음악선생을 하다 조금 일찍

—

퇴직을 하고, 일주일에 골프를 치러 세 번쯤 나가며 망중한忙中閑을 즐기는 친구였다. A는 7살 때부터 53살까지 학교를 다녔다고 말했다. 대학교 졸업과 동시에 30년 교직생활을 했으니 맞는 말이다. 무공해음식과 몸에 이로운 것만 찾아 건강을 챙기던 A가 쓰러져 119에 실려갔다.

그 일주일 전에 호주에서 10년 살다온 친구 B의 집들이를 간 날이었다. 75평짜리 고급 빌라는 속이 시원할 정도로 넓었고 인테리어도 근사했다. 솜씨 좋은 B의 요리를 잘 대접받고, 거실로 자리를 옮겨 커피를 마시며 담소를 나누었다. 이런저런 이야기를 하다 A가 뒷담화를 좀 해도 되냐고 나를 쳐다보며 말했다. 뒷담화? '뒷담화의 효능'이란 칼럼을 쓴지 얼마 되지 않은 시점이었다. A가 그 칼럼을 읽었기 때문에 나를 쳐다보며 물은 것이다.

'뒷담화의 효능'은 한마디로 뒷담화를 해야지만 우리 몸속의 오행, 목, 화, 토, 금, 수木, 火, 土, 金, 水기운을 골고루 사용하게 되어 우울증에 걸리지 않는다는 칼럼이다. 뒷담화는 꼭 남을 헐뜯는 것만을 말하지 않는다. 누군가와 소통하고 공감력을 주고받는 행위이다. 뒤에서 남을 칭찬하는 것도 뒷담화에 속한다. 오행은 별들의 운행 리듬이고, 별들의 운행에 따라 사계절이 있다. 또한 우리 몸속에도 오행이 내재되어 있는데, 이 오행이 조화와 균형을 이루어야 몸과 마음이 건강하다. 어느 한 오행이 태과太過하거나 혹은 불급不及하면 몸이나 마음에 병이 온다.

누군가의 일생을 치유 불가능하게 만드는 뒷담화는 금물이다. 그렇지 않은 이상 '말하는 자'와의 우의友誼를 돈독히 하기 위한 수단으로서의 가벼운 품평 정도는 우리 몸속의 기氣의 흐름을 위해 필요하다. 그리고 반드시 '그럼에도 불구하고 이러이러한 좋은 장점을 가지고 있다'고 칭찬으로 마무리해야 개운하다는 말까지 덧붙였다.

누군가와 즐겁게 뒷담화를 하는 것은 우리 몸속의 '목화 기운'을 사용하는 것이다. 그렇게 목화 기운을 사용해야지만 '금 기운'이 약화된다. 금 기운이 성盛하면 세상이 슬퍼 보이기 시작하고, 급기야 우울증으로 발전할 수 있는 것이다. 물론 금 기운이 너무 약해도 나타날 수 있다. 사주 전체를 봐야 더 정확하다. 이 사실은 명리학 공부를 해서 알기도 하지만 내가 직접 경험해본 결과이기도 하다.

한 스푼의 우정이면 될 친구에게 한 바가지의 우정을 퍼준 결과 내진심은 오래도록 아팠다. 한 삼 년을 책 보고 글만 쓰며 묵언수행黙言修行하듯 지냈다. 어느 날 살짝 우울증이 와 있음을 알았다. 일로 만나는 사람 외에는 사람을 만나는 게 싫어질 때쯤이었다. 뉴욕에 사는 절친과 통화를 하다 대학 때 가톨릭학생회 선배 얘기를 한참했다. 문득, 우울한 마음이 사라져 있음을 알았다. 누군가에게 받은 모욕감을 뒤늦게라도 토로吐露하다보니 우울증이 퇴보하는 걸 경험했다.

그 선배도 뉴욕에 사는데, 첫사랑인 남편이 군에 갔을 때 나타나

—

졸업할 때까지 내게 눈물로서 구애를 하다, 농축산대 나온 여자와 결혼해서 딸아들 낳고 뉴욕에서 산다. 한 다리만 건너면 다 알 수 있게 된 글로벌한 세상이다. 어느 날 친구가 아닌 사람의 카톡이 떴다. 장편소설『아키코』(2011년)가 나온 해였다. 비즈니스로 서울에 오전 7시에 도착해서 오후 4시 상해 가는 비행기를 타야 하는데, 그 사이에 나와 점심을 먹고 싶다는 내용이었다. 혼자 짝사랑하다 내게 상처를 엄청 받고, 다른 여인과 결혼해 뉴욕에서 사는 그 선배였다. 잠시 생각하다 그러자고 했다. 30년 전 너무 잔인하게 대한 미안한 마음도 있고 해서.

인사동 수도약국 앞에서 오전 11시에 만나 커피를 마시고, 전주비빔밥을 먹고 나니 낮 12시 반이었다. 주로 대학 때 선후배 소식들과 자식 얘기를 했다. 딸이 미국 고등학교의 교사라고 했다. 세월이 너무 흘러 공통 화제가 금세 바닥이 났다. 4시 상해 비행기니 2시까지는 공항에 가야 했다. 나는 어쩜 이번 생에서는 마지막일 거라는 생각에 공항까지 바래다주겠다고 했다.

공항으로 가는 차 안에서 얼마 전에 나온 장편소설『아키코』를 선물로 줬다. 그러자 그 선배는 '또 책 냈나? 이런 거 귀찮다'라고 말하며 내 차 뒷좌석에 던져버렸다. 아, 이 선배는 30년이나 흐른 아직도 내게 앙금이 남아 있구나 싶었다. 미대생이 소설에 당선되어 신문에 나자, 그때부터 나를 쫓아다녔으면서. 『아키코』는 공항 쓰레기통에

버렸어도 되었다. 내가 왜 그 선배를 선택하지 않았는지 확연해졌다. 그 후 그 선배와 조금이라도 연결되는 네트워크는 다 차단했다.

그러나 고맙게도 우울증이 왔을 때 그 선배의 저급한 인격을 평하다 보니 우울증이 사라졌다. 개똥도 약에 쓸 때가 있다더니. 그날 이후 나온 칼럼이 「뒷담화의 효능」이다. A가 그 칼럼을 읽었고, B의 집들이 날 나를 쳐다보며 '뒷담화 좀 해도 되냐'고 물었다. 물론 되지. A는 30분쯤 골프매너가 없는 어느 여인을 후식 담화로 올렸다.

집으로 돌아오는 차 안에서 착한 A는 괜히 뒷담화를 했다고 후회했다. 가슴이 조인다며. 그리고 일주일 후 죽다가 살아났다고 카톡이 올라왔다. 가슴이 조여 119를 부르고 쓰러졌다고. 응급실로 실려가 심장에 스탠스를 끼웠다고, 그래서 살아났다고. 그러니까 B의 집들이날 뒷담화를 힐 때 이미 건조증상이 나타났던 것이다. 그 이야기를 하려는 것이다.

그런데 핵심만 얘기하라니. 핵심만 얘기하면 'A가 쓰러졌는데 가슴에 스탠스를 끼우고 살아났다'이다. 그렇다면 우리는 언어를 배울 필요가 없다. 단발마나 울음소리로 신호를 주고받기만 하면 된다. 암컷 늑대의 울음소리를 듣고 수컷 늑대가 찾아오듯이.

세상은 말씀logos으로 이루어져 있다. 성경도 말씀이고, 불경도 말씀이고, 코란도 말씀이고, 도덕경도 말씀이고, 논어도 말씀이다. 우리는 언어를 사용한다, 고로 존재한다.

셰익스피어의 『로미오와 줄리엣』을 핵심만 말하라면, 원수 집안끼리 사랑했다가 여자가 자살하는 이야기다. 톨스토이의 『안나 카레리나』를 핵심만 말하라면 불륜녀가 자살하는 이야기다. 핵심만 이야기하면 세상의 모든 문화예술은 존재하지 않는다. 늑대무리처럼 산다. 배고프면 먹고, 교접하고 싶으면 교접해서 새끼를 낳고, 자라면 뿔뿔이 흩어지고.

우리 삶의 핵심은 태어나서 죽는다,이다. 그 사이의 시간에 대한 '이야기'가 문화이고 예술이다. 그것이 없다면 우리는 무엇이란 말인가. 언어가 아니면, 스토리가 없다면, 문화예술이 아니면, 인간이 인간임을 무엇으로 증명할 수 있단 말인가.

핵심만 이야기하라고 하면 러브스토리가 포르노가 된다. 남녀가 처음 어디서 만나 어떤 우여곡절을 겪으며 사랑을 하고 결혼했는데 여자가 암으로 죽는다,로 이어지는 러브스토리가 핵심만 말하라고 하면, 남녀가 만나 섹스를 했는데 여자가 암으로 죽는다,이다.

그래서 '자세하게' 이야기를 하는 것이다. 바람이 불어와 내 뺨의 솜털을 스칠 때 가을이 옴을 오감五感으로 느낄 수 있다고 '표현'할 수 있는 게 문화이고 예술이다. 아무도 내 말을 자세히 듣지를 않으니, 이렇게 글쟁이가 되었는지 모르겠다.

아직도 글 쓰세요

— 아직도 글 쓰세요?

오랜만에 만난 지인이 이렇게 물었다

가끔 사람들은 내게 이렇게 묻곤 한다. 그런 질문을 받을 때마다 쓸쓸하고 외로워진다. 물론 소설가는 언제나 다음 작품을 쓰지 않는 한, 이번 작품이 묘비명이 될 것이다. 그러나 한번 소설가는 영원한 소설가다. 소설을 쓰지 않을 때조차 소설가로 살고 있기 때문이다.

해풍에게

어떤 질문이든 척척 답을 하는 사람들을 보면 늘 부러웠습니다. 마치 미리 해답을 준비해둔 사람 같거든요. 그래서 저도 언젠가는 답을 미리 준비한 듯이 말을 할 수 있기를 바랐습니다. 그러나 아직도 제 영혼은 어린지 늘 어눌하기만 합니다.

이십대 초반, 전 제가 가지고 있는 잣대에 세계가 맞지 않는다고 분노하고, 적의를 드러냈었지요. 그러나 세계는 누구의 잣대에도 맞지 않는다는 것, 자신이 가진 그 잣대만큼 세계를 바라볼 뿐이라는 것을 알기에는 미욱하게도 오랜 시간이 걸렸습니다. 그리고 이젠 분노를 담은 발톱을 감출 줄도 알게 되었답니다. 그러면서 생각합니다. 분노와 적의를 드러내던 시절, 전 어리석게도 문학이 세계를 변화시킬 수 있으리라 맹신했습니다. 그러나 문학은 사회를 절대 변화시킬 수 없다는 것을 깨달았지요. 왜냐하면 문학은 사회에 아무것도 기여할 수 없기 때문입니다. 다만, 인간을 약간 변화시킬 수는 있을는지요. 그 변화란 것도 쓸데없이 번뇌에 휩싸이게 만들고 질문하게 합니다. '왜?'라고 질문하기 시작하면서 인간은 고뇌에 빠지게 되고, 이윽고 늙은이의 눈으로 변하여, 세상살이가 시들하게 느껴지는 니힐리스트나 아나키스트로 이끌리게 되지요. 그러므로 결국 문학은 사회에 기여하는 것이 아무것도 없고, 따라서 변화시킬 수 없는 것입니다.

문학이 수치심을 일깨우고 인간에게 부끄러움을 가르친다고요? 그러기에 인간은 너무 약아버렸습니다. 단, 고뇌하는 인간은 스스로 우월감을 가지게 되겠지요. 그럼 작가란 무엇인가? '왜 나는 작가인가?' 하고 질문해봅니다. 작가란 문학으로 이 슬픈 세계를 구원할 수 있기를 희망하는 '순례자'일 뿐입니다. 문학이라는 성지에 별(희망)을 찾아떠나는 순례자 말입니다.

아, 잠들지 않고 살 수 있는 나라는 없을까요. 왜 이렇게 밤은 빨리 찾아올까요. 장롱 속의 이불을 꺼내다, 문득 부드러운 감촉에 뺨을 갖다대고 울었습니다. 끝없이 아득한 길 위에 서서, 버림받은 아이처럼 두리번거리며 '이 길로 가면 별을 만날 수 있나요?' 하고 물어봅니다. 그러나 주위에는 아무도 없고, 나무들은 침묵을 지킵니다. 지나가는 여우에게 '여우야 여우야, 이 길로 가면 별을 만날 수 있니?' 하고 물어보았습니다. 그러자 여우는 '지상에는 별이 없는 줄 모르니?' 하고 비웃었습니다. 해풍, 이 길로 가면 별을 만날 수 있을까요? 지상의 멀 날이네요.

모든 희망을 버리고 싶었는데, 결국 이렇게 희망에 대한 제 그리움의 흔적들을 모아놓게 되었습니다. 피곤합니다. 죽은 듯이 자고 싶어요. 안녕.

— 1992년, 소설집 『그리운 눈나라』 「작가의 말」 전문

오래 전 글이다. 아, 아직도 이 글이 내게 유효하게 진행 중이라니. 나는 진보주의자인가, 답보주의자인가. 늘 꿈에 환영처럼 황량한 벌판을 타박타박 걸어가는 소녀의 뒷모습이 보이곤 했다. 한동안 세상

욕망의 소용돌이 속에 휘말려 지내다 문득 정신을 차리니, 다시 혼자 길 위에 서 있었다. 요즘은 눈 덮인 끝없는 벌판을 홀로 차를 몰고 가는 꿈을 꾼다. 적요寂寥. 고요할 적, 고요할 요. 고요하고 고요하다는 뜻이다. 적요한 마음이 좋다. 이럴 때 자주 꾸는 꿈이다.

그러나 고요한 마음일 때는 글을 쓸 수가 없다. 눈폭풍 같은 마음의 회오리를 겪을 때면 미친 듯이 글을 쓰며, 눈폭풍을 가라앉히려 애쓴다. 눈폭풍은 사소한 일에 대한 분노일 때가 많다. 과자부스러기같이 사소한 일에 분노하는 나는, 스스로 그 마음을 '찻잔 속의 눈폭풍'이라 칭한다. 마치 찻잔 속에서 악마와 싸우는 듯하다. 그렇게 힘들게 마음을 가라앉히고 나면 한동안 마음이 고요하다. 기껏 마음을 다스려놓으면 글을 쓸 수가 없다. 그러면 삶이 지루해진다. 딜레마다. 그러니 고단하다. 늘 첨예한 감정의 칼날을 벼리고 벼려야 한다. 미풍에 꽃잎이 지다 그 벼려진 칼날에 닿아 난분분해지도록.

누군가 글은, 편지를 써서 유리병에 넣어 바다에 던지는 행위라 했다. 바다를 둥둥 떠다니다가 누군가의 손에 들어가서 읽히게 되는 편지. 멋진 말이고, 엄청 위안이 되는 말이기도 하다. 내가 겪어낸 아프고, 슬프고, 외로운 감정을 표현한 글을 누군가 읽고 성찰이든, 감동이든, 위안이든 느낄 수 있다면 내 삶의 존재 이유는 충분하다.

글은 대부분 기억을 질료로 삼는다. 기억이란 언제나 과거형이자 현재형이다. 오감을 곤추세우고 깨어 있어야만 기억이 많아진다. 기억이 많아야 스토리가 풍부해지고, 스토리가 풍부해져야 삶을 충만하게 살 수 있다. 오감이 죽어 있다면 '좀비'와 같다.

인간이 본능적이고, 감각적이고, 먹고, 자고, 소비하는 욕망만 있다면 짐승과 다르지 않다. 예술만이 인간임을 증명한다. 제2차 세계대전 중 소련군에 포로로 잡힌 폴란드 장교들은 죽음의 수용소에서 프루스트의 소설 『잃어버린 시간을 찾아서』를 공부하고, 역사를 공부하고, 건축사를 공부했다. 4,000명에서 400명으로 나중엔 79명만이 살아남았다. 79명은 굶주림과 추위와 노동으로 짐승의 시간을 살고 있었다. 그러다 어느 날 그들은 서로에게 강의를 해주기로 한다. 영하 45도의 혹한 속에서 굶주린 채 노동을 마친 저녁 시간, 그들은 인간이 인간임을 증명하는 시간을 가진 것이다. 죽음 앞에서도 인간이 인간임을 증명하는 일은 인간의 지적 활동과 예술이었다.

예술가는 다른 사람보다 센스가 하나쯤 더 있는 존재들이다. 제일 먼저 아파하고 가장 나중까지 목도하는 자들이다. 그들을 통해 우리는 죽어 있던 감성을, 감정을 깨어나게 해서 좀비의 삶이 아닌, 진짜 인간의 삶을 살게 되는 것이다. 하여, 예술가들은 고단하게 살 수밖에 없다. 배가 고파봐야 남의 배고픔을 알고, 가난해봐야 남의 가난이 보이고, 아파봐야 남의 아픔이 보이고, 외로워봐야 남의 외로움이 보인다. 그걸 겪은 깊이만큼 더 찬란한 통찰을 건져올릴 것이다. 빈센트 반 고흐의 위대함은 거기에 있다.

— 뭐하러 글 같은 걸 쓰노? 글쟁이는 다 가난하게 사는데….

어머니는 내가 약사가 되길 원했다. 어머니는 여자가 가질 수 있는 최고의 직업은 약사인 줄 알았다.

— 엄마, 재능이라는 게 수도꼭지처럼 잠그면 잠가지는 게 아니에요.

어머니는 뭔 소린가 멀뚱하게 쳐다보곤 했다.

재능이란 무엇인가. 그저 한순간 반짝하다 사라지는 재주는 재능이 아니다. 재능이란 끈기다. 끈질기게 하는 힘이다. 끝까지 가는 게 재능이다.

나는 왜 아직도 글을 쓰는가?

소설가가 꿈이었으니 소설가가 되었다. 다음은, 그 다음은 능선을 타고 걷는 거다. 내 속에 끝도 없이 고이는 이야기들, 나는 그 이야기를 하고 싶은 거다. 세상을 향해. 한 동안 글을 쓰지 못하면 가슴이 답답해진다. 내 속에 우글거리는 문장들이 물처럼 차올라 빨리 토해내지 않으면 익사할 것 같기 때문이다.

'글쟁이'란 말을 좋아한다. 시인이든 소설가든 수필가든 모두 글쟁이다. 수선화든 수국이든 장미든 개망초든 모두 꽃이듯이. 문학적 상황 속에 있는 것, 글쟁이의 삶을 살고 있는 것, 늘 드리븐driven되어 있는 이 프로세스process가 행복하다. 베스트셀러가 아니어도 충분하다. 소설만 '스토리'가 있는 게 아니다. 산문도 스토리가 있고, 시도

스토리가 있다. 내 속에 천천히 고이는 스토리가 있는 한, 나는 글을 쓸 것이다.

　— 아직도 글 쓰세요?

　— 네. 아직도 글 쓰고 있습니다.

문 앞에서

십여 년 전 작품집 『낮술』을 출간했을 때 우연히 인터뷰를 한, 나보다 한참 어린 기자에게 호號를 지어준 적이 있다. 필우芯旰(향기로울 필, 클 우). 클 우는 해 돋는 모양을 말한다. 태양이 만물을 비추듯, 세상에 크게 향기로워라 혹은 세상에 크게 이로워라,는 뜻으로 준 것 같다. 물론 사주를 풀어서 주역 괘상을 찾아 지어주었다.

그는 내가 아는 '글쟁이기자' 중, 몇 손가락 안에 꼽을 만큼 재능이 있는 기자다. 붓글씨도 잘 쓰고, 음식 칼럼니스트이기도 하고, 서평도 기가 막히게 핵심을 잡아내어 잘 쓴다. 내가 '위대한 유산'을 받거나 로또에 당첨되어 거액이 생긴다면, 매체 하나를 만들고 싶다. 그때 반드시 이 기자를 모셔올 것이다.

그러다 며칠 전에는 SNS에 나전칠기를 한, 젓가락 사진을 올렸다. 도대체 이 사람의 재능은 어디까지인가 싶었다.

— 필우 선생! 갑자기 호를 부르고 싶어지네요. 멋집니다. 이쪽 길로 강추합니다.

댓글을 남겼다.

— 그저 잔재주를 좀 부려본 겁니다.

그는 몸에 밴 겸손을 떨었다.

근데 작가님 호는 무엇인가요? 하고 물었다. 호號? 호라. 호란 무엇인가. 호란 이름을 부르는 것을 피하는 풍속에서 비롯되었다. 주로 시, 서, 화에 능했던 조선시대 학자나 사대부, 예술인들에게 널리 보편화되었다. 학자들 간에 학문적 교류인 편지 교환이 일반화되면서 이름보다는 호나 사를 사용히는 것이 예의를 차리는 것으로 인식되었기 때문이다. 누군가에게 호를 받기도 하지만, 본인이 스스로 지을 경우는 자신의 세계관이나 인생관의 일면을 내포하는 경우도 많다.

남의 호는 많이 지어주면서 정작 나는 호가 없다. 호를 가진다는 게 어찌 사치스런 혹은 교만하다는 생각이 무의식에 깔려 있었는지도 모른다. 물론 간명지나 작명증에 두인頭印으로 사용하는 호는 있다.

서예가이면서 서각가인 지인 전시회에 갔다가 안면이 있는 어느

—

교수님이 정 작가는 볼 때마다 아름다워지십니다, 하고 수인사를 하곤 아름다울 '가' 자를 하나 드리고 싶네요, 했다. 그러자, 서예가가 받아, 정 작가는 늘 현재가 아름답지요. 저는 현재 '현' 자를 하나 주겠습니다, 하고 말했다. '가현佳現'. 십여 년 두인으로 쓰고는 있지만 누구에게 발설해본 적은 없다.

늘 매화에 대한 미련을 버리지 못하고 있었다. 매화는 꺾어져도 꽃을 피우고, 속이 텅 빈 고목이 되어도 꽃을 피우고, 한설에도 꽃을 피운다. 그러다 얼마 전 경기도 광주시 오포읍 매산리로 이사를 왔다. 매산리梅山里. 조선조 초기 어느 지관이 이 땅을 '매화낙지형'이라 해서 매산리라 불리게 되었다고 한다. 매화꽃이 떨어진 자리, 라는 뜻이다. 우연히 지인이 사는 동네의 아파트들을 둘러보다 지번도 모르는 상태에서 매산리의 이 아파트에 들어서는 순간 여기다 싶었다. 약간 언덕에 위치한 아파트임에도 마치 소쿠리에 담긴 듯 아파트가 아늑했고 조경이 아주 잘 되어 있었다. 내 눈에는 숲속의 아파트 같았다. 나중에 계약하며 이곳의 지번이 '매산리'임을 알게 되었다.

가락동 내 오피스텔과 불과 30분 거리지만, 한순간 나는 매화 뒤에 숨은 느낌이 들었다. 그때부터 내 머리 속에는 '매은梅隱'이라는 단어가 씨앗을 내리고 있었다. 매산리로 이사 오기 전에는 늘 인도의 인생4주기 중, 임서기에 접어든 생각으로 초은草隱(풀 뒤에 숨다), 혹은 차를 좋아하니 다은茶隱(차 뒤에 숨다)이라는 호를 쓸까 생각하고 있었다.

인도의 인생4주기를 현재에 대입한다면 30세까지는 공부를 하는 학습기고, 64세까지는 가정을 이루는 가주기고, 65세부터는 수행을 하는 시기(임서기)다. 인생을 돌아보고 생로병사를 생각하고 죽음을 어떻게 받아들일 것인가를 생각하는 시기다. 인도에서는 가족을 떠나 숲에서 수행을 하며 지혜를 전파(유행기)하는 수행자를 존경한다. 지금의 아파트는 곧 임서기에 접어드는 내게 딱 맞는 곳이다.

야심한 밤, 요가를 하러 가부좌를 틀고 앉아, 호를 '초은'으로 할까, '매은'으로 할까를 고민하는 나를 발견하고 실소가 터져나왔다. 다락같이 오르는 아파트를 사기 위해 '영끌' 대출을 했던 국민들이 이번엔 고금리에 테러당한 듯 속수무책으로 전전긍긍하고 있는 속세에서, 혼자 이렇게 고상하고 수아하고 품위 있는 고민을 하고 있다니.

초은이 예쁘긴 한데 풀 뒤에 숨은 건 아닌 듯하고, 매화꽃이 떨어진 자리에 은거한다는 뜻의 '매은'에 필이 꽂이긴 했다. 아무도 관심 없는 일에 혼자 이리 만리장성을 쌓고 있다니. 필우 선생의 질문에 답해야 하는 사명감이 나를 불태우고 있었다.

― 현재는 '가현(언제나 현재가 아름답다)'을 쓰고 있지만, 노년에는 '매은(매화 뒤에 은거하다)'을 쓸까 합니다.

답글을 달았다.

― 노년? 20년 후겠네요.

―

필우 선생의 댓글이다.

20년 후라니. 나는 이미 노년의 문 앞에 서 있다. 손가락만 갖다대면 열릴 문이다. 노년이 된다는 건 무엇일까. 인도4주기에선 임서기부터 노년이 될 것이다. 요즘 세상에 은둔한다고 은둔이 잘 되지 않는다. 정말 오지가 아니면 전 세계가 인터넷 네트워크로 연결되어 있다. 언제든지 SNS에 글을 올릴 수 있고 소통이 가능하다. 그러니 임서기라고 하고 '온라인에서만 논다'로 해석하면 된다.

문을 열고 들어가면 나는 아름다운 풍경이 될 것이다. 멋진 배경이 될 것이다. 풍경이 아름다운 건 삼십대 중반, 파리에서 스위스까지 승용차로 횡단할 때 이미 알았다. 운전은 다른 사람이 하고 있었다. 나는 계속 졸다 깨다 하며 창밖을 바라보았다. 가도 가도 해바라기밭이었다. 산은 보이지 않았고, 눈 가는 곳까지 벌판이었다. 그 벌판 가득 해바라기꽃이었다. 고흐가 왜 해바라기를 많이 그렸는지 알 것 같았다. 내 눈에는 유럽의 벌판은 온통 해바라기밭에 없었다. 아, 풍경이 이렇게 아름답구나.

한번도 주인공인 적은 없었지만, 늘 주인공이 되고 싶었다. 그러나 이제 더 이상 주인공이 되고 싶지 않다. 그 주인공의 배경이 되고 싶다. 육십갑자를 다 산 이후의 삶은 덤이라 생각하면 얼마나 즐거운지 모른다. 이미 술병이 다 비었는데 누군가 우수리로, 덤으로 술 한 잔을 더 준다면 얼마나 기쁘겠는가.

혹여 누군가 내게 법명을 준다고 하면 '적요寂寥'(적적하고 고요함)로 달라고 하고 싶다. '여여如如'(있는 그대로 그러하다)도 탐나지만, 언제부턴가 적적하고 고요하고 단순한 미니멀라이프Minimal Life가 좋다. 호는 매은으로 하고.

적요한 밤, 가부좌를 틀고 앉아 요가를 하며, 날숨과 들숨에는 관심도 없고, 숯불에 고기 되작이듯 혼자 법명과 호를 제멋대로 되작이는 재미가 쏠쏠하다. 노년의 문 앞에서 이런저런 궁리를 하는 재미를 아는 사람만 알 것이다.

필우 선생, 제 호는 '매은'입니다.

피터팬 증후군

피터팬은 영국 동화 속의 주인공으로 네버랜드Neverland(가공의 나라)에서 꿈과 공상 속을 자유롭게 누비는 영원한 소년이다. 네버랜드에서는 어른이 되지 않고 영원히 아이로 남을 수 있다. 증후군이란 병病으로 정의하는 것과는 달리 동일한 환자에게서 나타나기 쉬운 징후인 경우에 '무슨무슨 증후군'이라 이름붙인다.

'피터팬 증후군'은 "성인이 되어서도 현실을 도피하기 위해 스스로를 어른임을 인정하지 않은 채 타인에게 의존하고 싶어하는 심리를 뜻한다. 피터팬 증후군을 보이는 사람들은 흔히 부정과 퇴행을 방어기제로 사용한다. 부정은 힘든 현실을 인정하지 않으려는 마음을, 그리고 퇴행은 스트레스를 받을 때마다 마치 어린아이처럼 유치한 행동을 하는 것을 말한다. 피터팬 증후군에 빠진 사람은 책임감이 낮으며, 이상은 높지만 이를 실천하는 능력과 의사결정 능력은 취약하다". 네이버 지식백과의 정의다.

나는 '피터팬 증후군'을 '정신연령장애자'라 부르고 싶다. 그런 사람들은 주위 가족들을 힘들게 한다. 글쟁이들 중에도 의외로 정신연령이 19살에 멈춰 있는 부류들이 많다. 정신연령이란 육체의 나이에 따라 정신도 나이를 먹고 성장하고 성숙해지는 걸 말한다. 몸만 성인이 되는 게 아니라 정신도 성인이 되어야 한다. 그런데 가끔 육체적 나이만 먹고 정신의 나이는 미성년자에 멈춰 있는 사람을 만날 때가 있다.

육체적 나이는 세월만 가면 저절로 먹는다. 그러나 정신적 나이는 저절로 먹어지는 게 아니다. 자신의 삶을 깊이 생각하고, 정리하면서 살고, 노후엔 어떻게 살 것인가도 생각해보며, 반성하고 성찰하면서 남의 삶도 깊이 애정 어린 눈길로 돌아봐야 한다. 그러나 정신연령이 미성년자에 머물러 있는 사람은 자신이 때 묻지 않은 순수한 사람이라고 착각하고 세상을 원망하고 모든 사람들이 자신을 외면하고 도와주지 않는다고 아이처럼 징징대거나 공격성을 보이기도 한다.

끝없이 유년시절의 상처를 우려먹고 우려먹는다. 가령 편모슬하에서 자랐다거나, 계모 밑에서 자랐다거나, 아버지가 늘 부재중이었다거나, 생모가 자신을 버리고 집을 나갔다거나, 너무 가난했다거나, 부모가 늘 싸움을 했다거나. 어릴 적 불우했던 아픔과 슬픔과 외로움이 자산이 되어 여기까지 왔을 것이다.

그런 사람들은 자신이 대단한 천재인 척한다. 그래서 33살쯤 죽으면 우리는 요절한 천재로 칭송할 수도 있다. 그런데 나이 이순을 넘기고 칠순이 다 되어가는 사람이 아직도 19살처럼 아픔과 슬픔과 외로움을 팔고 다니면 꼴불견이다. 어린아이처럼 세상이 자신의 생각이나 뜻대로 되어야 한다고 생각한다. 자기 생각 이외에는 모두 잘못되었다고 여기며 떼를 쓴다. 심지어 어떤 특정인에게 진심으로 대하는 척한 후 영혼을 조종하려 든다. 다시 말해 '가스라이팅'하려 한다. 인간은 영물이라 누구에게도 조종당하지 않는다. 그 사람은 떠나간다. 그러면 배신했다고 미꾸라지에 소금 뿌린 듯 발광을 한다. 두고두고 곱씹는다.

그런 부류는 자의식과잉으로 대부분 눈이 안으로만 향해 있어, 오로지 자신의 아픔만 보이고 남의 아픔은 우습게 보는 경향이 있다. 자신의 어머니가 죽은 게 세상에서 제일 슬프고 자신의 형제가 죽은 게 세상에서 제일 슬픈 줄 안다. 남은 자식이 죽은 것도 자기보다 아프지 않다고 생각한다. 세상의 고통과 슬픔과 외로움은 모두 자신을 위해서만 존재하는 줄 안다. 이런 부류들은 자신을 반성하는 걸 본적이 없고, 삶의 작은 복병만 만나도 아이처럼 시무룩해져서, 세상으로부터 버림받았다고 생각한다.

아픔과 슬픔과 외로움에서 벗어나 정신이 성장하면 글을 한 줄도 쓸 수 없다고 여긴다. 실지로 그럴지도 모른다. 데카당스 Decadence(퇴폐주의)에 물든 피터팬인 것이다. 데카당스는 19세기 후반 프랑스에서 시작된 예술운동이다. 로마 말기의 몰락해가는 퇴폐적인 문화에 미적 기준을 두려했다. 과민한 자의식과 현실사회에 대한 반감과 퇴폐적이고 병적인 상태에 대해 탐닉하는 특징이 있다.

그러니 환경이 나아지거나 정신이 성장해서 어른이 되려고 하면 불안하다. 해서, 스스로 자신의 삶을 다시 불우한 시절로 되돌리려 한다. 삶을 탕진하거나 파국으로 몰아간다. 옆에 있는 사람에게 상처를 주어 삶을 불행하게 만들거나, 노름을 해서 다시 가난해지거나, 쓰레기 같은 골동품을 마구마구 사시 돈을 처비하거나, 남의 여자나 젊은 여자에게 탐닉하거나, 술을 퍼마셔서 몸이라도 망가지게 한다. 행복이 오려고 하면 불안하다. 글을 못 쓰게 될까봐. 이건 천재들이 하는 기행이 아니다. 정신병원에 가야 한다. 아니면 정신연령에 맞는 슬픔과 외로움을 승화시킨 글을 써야 하리라.

슬픔도 외로움도 재산이란 사실을 깨닫는 데 오랜 시간이 걸렸습니다. 슬픔과 외로움이 없다면 인간은 어떻게 자신의 존재를 응시할 수 있을까요. 존재의 아름다움은 삶의 외로움과 슬픔을 먹고 깊어집니다.

외로워서 글을 쓰다보니 글 쓰는 게 운명이 되어버렸습니다. 한때는 제 삶의 목적이었지만 지금은 내가 누구인지 말하는 수단이 되었습니다. 제 소설은 기억과 망상과 집착과 후회와 성찰을 재료 삼아, 상상으로 버무리는 퓨전 요리와 같습니다. 상상은 지루한 현실보다 훨씬 재미있지요, 요리를 하는 동안은 외로움을 잊고 비로소 '이곳'에 '지금' 존재함을 느낍니다.

굶주림은 사자를 뛰게 하는 힘이고, 외로움은 작가를 다시 글쓰게 하는 힘입니다. 어느 날, 글은, 제 삶의 '소비'이자 '욕망'임을 알았습니다. 그 소비이자 욕망은 온몸으로 기어가는 달팽이처럼 아주 느려서, 세심하게 바라보지 않으면 그 흔적이 미미해 잘 보이지 않습니다. 또한 그 소비와 욕망은 삶의 쓴맛과 짠맛을 톡톡히 맛보게 한 후 조금 허락합니다. 허나 어쩌겠습니까. 쓰는 자의 운명이란 신神의 저주이거나 축복이겠지요. 언제나 저주인 것 같아 외롭습니다. 외로우니 또 글을 씁니다. 그러니 외로움은 저의 재산인 거지요. 외로울수록 저는 부자입니다. 머지않아 외롭지도 그립지도 않은 날이 오겠지요. 그때까지 내 속의 외로움에게 건배!

장편소설 『아키코』(2011년) 「작가의 말」 전문이다. 십 년 전 글이다. 간신히, 외롭지도 그립지도 않게 되는데 십 년이 걸렸다. 이 '간신히'는 강가의 모래탑 같아 언제 무너질지 모른다. '간신히'를 붙잡고 '마침내'로 가는 여정이 고단할 것 같다.

저때만 해도 외로움을 완장처럼 차고 거리를 헤매고 다녔구나. 부끄럽다. 그러나 괜찮다. 이제 간신히 외롭지도 그립지도 않게 되었으니, 내 정신연령은 손톱만큼 더 자라 있지 않겠는가.

'신체연령장애자'도 있다. 늘 자신은 청춘이라고 생각하는 사람들이 있다. 여자 중엔 나이를 속이는 사람도 있고, 남녀 모두 미치게 동안童顏에 집착하는 사람도 있다. 이것 또한 피터팬 증후군이다. '신체연령장애자'는 대부분 '정신연령장애자'이므로 십 분만 얘기하면 할 얘기가 없다. 눈높이가 너무 낮아 공감능력이 낮기 때문이다.

거대해 보이던 초등학교 운동장이 어른이 되었을 때 아주 작아 보이는 이유는 우리의 키가, 눈높이가 높아졌기 때문이다. 신체연령이든 정신연령이든 자라지 않고 피터팬 증후군에 묶여 있다면 작은 운동장만 보다가 이 별을 떠나게 될 것이다.

우리는 늙어가는 게 아니라, 그저 변화되어갈 뿐이다. 세월이 흐르면 정신은 점점 성장하고, 육체는 점점 변화하는 것이다. 푸른 대추가 붉은 대추로 변하듯이, 푸른 잎이 붉은 단풍으로 물들듯이. 푸르면 푸르러서 좋고, 붉으면 붉어서 좋지 아니한가.

스톡홀름 증후군

　스톡홀름 증후군Stockholm syndrome. 내 친구 A를 생각하면 이 용어가 떠오른다. 이제 친구라고 하기도 뭣하다. 고등학교 때 붙어다녔지만 대학을 다르게 간 후, 조금 소원해지다가 결혼을 한 후로는 서로 가는 길이 다르다는 걸 알게 되었다. A는 예쁘고, 착하고 연한 배처럼 싹싹하고 상냥한 아가씨였다. 그녀는 여자대학을 갔고, 나는 종합대학을 갔다. 그녀의 꿈은 의사에게 시집 가는 거였다. 선을 70번쯤 봐서 집이 부자면서 치과의사인 남자에게 시집을 갔다. 결혼식 날 본 그 남자는 깜짝 놀랄 만큼 키가 작았다. 키가 작은 걸 빼면 A가 꿈꾸던 결혼이었다. 물론 나는 어리석게도 첫사랑과 결혼해서 서울로 왔다.

가끔 고향을 내려가면 만나곤 했지만, 점점 만나는 횟수가 줄어들었다. 그러다 정말 십여 년 만에 만난 A는 깜짝 놀라게 살이 쪄 있었고, 거칠어져 있었다. 말을 함부로 했고, 눈빛도 달라져 있었다. 소문에 그 치과의사의 성격이 독선적이고 언어폭력이 심하다고 했다. 전혀 지성미가 없는, 돈만 아는 무미건조한 남자라고 한다. 영화나 음악이나 그림은 전혀 보지도 듣지도 않는단다. 평생 소설책 한 권을 읽은 적이 없다고 한다. 하다못해 클래식음악조차 시끄럽다고 한다는 것이다. 거기에 인색하기까지 하단다. 돈 쓰는 일을 가장 싫어하며, 오로지 치과병원과 집 앞 초등학교 운동장을 달리는 일 외엔 친구도 만나지 않고 모임도 없고, 돈벌레처럼 돈만 모은다고 했다.

나이가 들어 오래간만에 만난 동창 3명은 그녀의 집에서 만나기로 했다. 그녀는 은근히 자신의 집을 보이주고 싶어했다. 아들딸 다 외국 가서 살고 두 부부만 사는 집이었다. 65평 집은 가구 전시장 같았다. 집으로 초대했으니, 금방한 밥에 된장찌개나 비빔밥이라도 만들어줄 줄 알았다. 그녀는 남편 몰래 멀쩡한 집안을 다 뜯어내고 1억3천을 들여 인테리어를 다시 했다고 한다. 그야말로 텔레비전에나 나오는 큼직한 대리석으로 만든 아일랜드 식탁이 있는 부엌이었다. 그녀는 짜장면과 탕수육을 시켜주었고, 큼직한 대리석 식탁에 신문지를 깔아주었다. 진열해둔 멋진 영국제 찻잔 말고, 유리컵에 인스턴트커피를 타주었다. 말도 공격적이고 부정적이고, 남을 비난하는 말투로 변해 있었다.

— 원래 돈도 없는 것들이 우아하게 원두커피 뽑아먹고, 보이차를 마신다고 도자기 찻잔을 사고 난리잖아….

나를 두고 하는 말 같았다. 돈도 없으면서 커피 맛 까다롭고, 명품 보이차를 마시고, 중국 서안까지 가서 칠보를 입힌 자사호를 사오고.

— 아직도 누가 신문이나 책 읽는 사람 있나? 아직도 글 쓰는 사람이 있기는 하네….

나를 힐끗 쳐다보며 말했다. 그날 먹은 음식이 체해 온 몸에 발진이 돋아 병원에서 주사를 맞고 며칠 약을 먹고 겨우 가라앉았다. 전혀 문화적이지 않은 A에게서 또 다른 문화충격을 받았다고나 할까. 무능한 부동산정책(2019년)으로 온 나라가 테러를 당한 듯 집값 상승의 공포에 시달릴 때, 그녀는 아무렇지도 않게 서울에 아파트를 5채나 샀다고 했다.

— 미친 듯이 오르기 직전에 잡았잖아. 난 재물운은 있나봐. 하나님께 기도를 열심히 한 덕이지….

그녀는 고개를 뒤로 하고 끝까지 웃어젖혔다. 그리고 보니 그녀의 아버지는 장로였다. 헤르만 헤세의 『데미안』을 밤새 읽고, 『어린 왕자』를 사랑하고, 『갈매기의 꿈』을 겨드랑이에 끼고 다니고, 법정 스님의 '무소유'를 말하던 하얗고 예쁜 여고생이던 A의 모습은 어디로 증발한 것일까. 20대 초반 새로 생긴 예쁜 찻집을 찾아다니며, 원두

커피 맛을 음미하던 그 로맨틱한 그녀는 어디로 갔단 말인가.

— 무엇을 가지고 있느냐와 그것을 아는 것 사이에는 큰 차이가 있
지. 무엇인가를 알려고 하는 인식에 희미한 불꽃이 시작될 때 인간은
비로소 인간이 되지.

『데미안』에 나오는 이런 문장에 밑줄을 그으며 공감하던 그녀의
붉은 영혼은 어디로 갔단 말인가. 종아리의 붉은 반점은 거의 한 달
이나 갔다. 종아리의 붉은 반점이 희미해질 때쯤, '스톡홀름 증후군'
이라는 용어가 떠올랐다.

1973년 8월 23일부터 28일까지 6일간 스웨덴 스톡홀름에서 은행
강도사건이 발생했다. 인질범들이 4명의 직원을 인질로 잡고 경찰
과 대치하는 동안, 인질은 인질범들과 애착관계를 형성했다. 생존
이 위협을 받는 상황에서 가해자가 친절함을 보이면 피해자의 자아
는 이를 유일하게 생존할 수 있는 방법으로 생각하며, 자신을 해치
지 않았다는 사실에 고마움을 느끼게 된다. 인질들은 인질범들에 대
한 불리한 증언을 거부했다. 심지어 인질범들을 옹호했다. 이 상황
을 본 스웨덴의 범죄심리학자 베예로트Nils Bejerot는 이를 '스톡홀름
증후군'이라 이름 붙였다.

정신과 용어에 '공격자와의 동일시identification with the aggressor'라는

용어가 있다. 자신에게 고통을 주고 자신을 공격했던 사람의 행동과 언어를 따라하는 것을 말한다. 가령 학교폭력을 당한 아이가 서서히 자신도 다른 아이에게 학교폭력을 행사하기 시작하는 것과 흡사하다. 공격자와 자신을 동일시하고 가해자의 폭력적 행동을 합리화하게 되는 이유는 상대방의 행동을 모방함으로써 상대방에 대한 불안감을 줄이고 극복하기 위한 것이다. 자기 방어를 위해 자신도 공격자를 흉내내거나 닮아간다. 복수하고 도망칠 수 없는 상황이라면 똑같이 따라함으로써 친숙해지는 방법을 택한 셈이다.

> 까마귀 노는 골에 백로야 가지 마라
> 성낸 까마귀들 네 흰 빛 시샘하나니
> 청강에 기껏 씻은 몸을 더럽힐까 하노라

고려 말 절개를 지킨 충신 정몽주의 어머니가 지은 시조다. 근묵자흑近墨者黑. 검은 먹을 가까이하면 검어진다는 사자성어가 생각난다. 나쁜 사람을 가까이하면 그 버릇에 물들기 쉽다는 말이다.

그러나 그 반대말도 있다. 리마 증후군Lima syndrome이다. 가해자가 피해자에게 감화되어 동일시되는 현상을 말한다. 1996년 12월 17일 페루의 리마에 있는 일본대사관 점거사건에서 유래한 말이다. 당시 14명의 반정부군은 400여 명의 인질들과 126일 동안 함께 생활했다. 시간이 흐를수록 반정부군은 인질들을 동정하고 연민하게 된다. 점차 인질들에게 동화되는 모습을 보였다.

페루정부의 강경진압으로 반정부군은 모두 사살되었지만, 후에 심리학자들은 이 사건이 일어난 지역의 이름을 따서 '리마 증후군'이라 명명했다. 인질의 수가 인질범보다 월등히 많아서 그런 현상이 일어날 수 있었다는 생각이 들기도 하지만, 주위를 둘러보면 의외로 가해자가 피해자에게 감화되어 착하고 순해지는 '리마 증후군' 부부를 보게 되곤 한다.

가장 가깝게는 부모님이다. 쉽게 설명하면 아버지가 가해자고 어머니가 피해자다. 그러나 60년 넘게 같이 살다보니, 아버지는 착하고 순종적인 어머니에 감화되어 공격적이고 독선적인 면이 많이 줄어들었다. 어머니는 전혀 물들지 않았다. 문득 생각하면 어머니의 자아ego가 아버지보다 한 수 위란 생각이 들곤 한다. 가까이 지내는 인내심 많은 선배언니 부부도 성질 고약하고 고집불통이던 의사 남편이 요즘 선배언니 없으면 큰일나는 줄 알고 착해졌다고 한다. 그 선배언니도 고약한 남편에게 전혀 물들지 않았고, 오히려 착함을 물들었다.

인품은 보지 않고 외적 조건만 보고 결혼한 A나 첫사랑에 목숨 걸고 결혼한 나나 어리석기는 매한가지란 생각이 든다.

까마귀 검다 하고 백로야 웃지 마라

—

겉이 검은들 속까지 검을소냐

겉 희고 속 검은 이 너뿐인가 하노라

정몽주와 같은 시대를 살았고, 이성계의 역성정변易姓政變(비합법
적으로 성씨를 바꿔 왕위에 오르는 혁명)에 참여했던 이직李稷의 시
조다. 나는 티인에게 어떤 물을 들일까.

제3장

굿모닝, 가르마

마음의 깃발

태극기가 바람에 펄럭입니다
하늘 높이 아름답게 펄럭입니다

이 노래를 나는 언제 배웠던가. 아동문학가 강소천(1915~1963) 선생의 동시에 곡을 붙인 노래다. 요즘은 사라졌지만 군사정권시절 국기 게양식을 할 때마다 가슴에 손을 얹고 '국기에 대한 맹세'를 하기도 했다.

— 나는 자랑스런 태극기 앞에 조국과 민족의 무궁한 영광을 위하여 몸과 마음을 바쳐 충성을 다할 것을 다짐합니다.

중고등학교 시절 매일 국기게양식 때마다 외운 문장이다.

— 나는 자랑스러운 태극기 앞에 자유롭고 정의로운 대한민국의 무궁한 영광을 위하여 충성을 다할 것을 굳게 다짐합니다.

2007년 수정한 국기에 대한 맹세다. 다민족 다문화사회로 가는 현대 대한민국과는 맞지 않는다는 지적으로 '조국과 민족' 부분을 '자유롭고 정의로운 대한민국'으로 변경했고, 개인의 희생과 충성만을 강요하는 전체주의를 연상시킨다는 지적으로 '몸과 마음을 바쳐' 충성을 다할 것을 다짐한다는 부분을 삭제했다.

태극기는 대한민국의 깃발이다. 유엔본부 건물 앞의 각 나라 깃발이 도열한 채 펄럭이는 프레임 속 태극기의 모습은 혈육처럼, 꿈처럼, 희망처럼 언제나 가슴을 뭉클하게 한다. 바람이 세찰수록 깃발은 더욱 흩날리는 갈기처럼 힘차다.

옛날에 이런 유머가 있었다. 나폴레옹이 러시아와 전쟁을 할 때였다. 나폴레옹이 '저 산을 향해 가자!'고 외친다. 프랑스 보병들은 굶주림과 추위와 눈보라를 뚫고 사생결단의 심정으로 저 산에 올라가니, 아무도 없었다. 그러자 나폴레옹이 '이 산이 아닌가벼' 하고 말한다. 지친 보병들이 허탈해하자 나폴레옹이 다시 '저쪽 산을 향해 돌진!' 하고 외친다. 눈보라와 추위와 굶주림에 지친 프랑스 보병들은 그래도 한갓 희망을 가지고 나폴레옹의 깃발을 따라 저쪽 산으로 죽기살기로 돌격한다. 그러나 저쪽 산에도 아무도 없었다. 그러자 나폴레옹이 '이쪽 산도 아닌가벼' 했다는 우스갯소리다. 그때는 그저 낙천적인 성향의 충청도 사투리를 쓰는 나폴레옹이 웃겼다.

요즘 생각하니 나폴레옹에게 그 순간 '마음의 깃발'이 없었음을 풍자한 게 아닌가 싶다. 리더는 분명한 '마음의 깃발'이 있어야 한다. 삼국지를 보면 어떤 부대든 깃발이 있다. 제갈공명은 '제갈諸葛'이라고 쓴 깃발을 기수가 들고 있고, 조조는 '조曹' 자를 쓴 깃발을 들고 있고, 사마의는 '사마司馬'라고 쓴 깃발을 들고 있다. 그 군대를 상징하는 깃발은 물론이고, 리더에겐 철학이든, 꿈이든, 마음이든, 초심이든 분명한 자신의 깃발이 있어야 한다. 그 깃발이 없으면 방향을 잃어버린다.

여고시절, 교련教鍊(학생군사훈련) 시간이 있었다. 얼룩덜룩한 교련복을 입고 주로 응급처치와 붕대법과 간호법 등을 배웠다. 또한 그 시간에는 사열도 받았다. 연대장의 구령에 맞춰 열병과 분열을 통해 정신을 무장시키기 위함이었을 것이다. 키가 큰 나는 기수였다. 교기教旗를 허리에 찬 벨트에 꽂고 정신을 바짝 차리고 있어야 했다. 자칫 내가 방향을 잘못잡으면 1,200명 전교생이 '저쪽 산'으로 가게 된다.

― 전교생 좌향좌!

연대장이 소리친다. 전교생은 왼쪽으로 돌아선다.

― 앞으로 가!

속으로 왼발, 왼발이라는 구령을 세며 전교생은 앞으로 나아간다.

운동장이 좁았기 때문에 기수인 나는 제자리걸음으로 돌았다. 나를 중심으로 전교생은 앞으로 나아가지만, 크게 운동장을 돌았다. 땡볕에서 언제 끝날지 모르는 사열식은 계속되었고, 여기저기서 픽픽 쓰러지는 아이도 있었다. 나의 열일곱 살 여름은 그렇게 지나가고 있었다.

깃대를 잡고 있으면 바람이 세찰수록 깃발이 넛지게 펄럭였고, 내 손에도 힘이 들어가야 했다. 그로부터 오랜 시간이 지나 북경에 갔을 때였다. 천안문에서 해질녘 오성기 하강식을 본 적이 있다. 수십 명의 제복을 입은 군인들이 열병식을 하듯 걸어나와 오성기가 천천히 내려올 때까지 국기에 대한 경례를 하고 있었다. 이미 우리나라에서는 사라진 풍경이었다. 여고시절 기수를 해서 그런지 펄럭이는 깃발을 보면 언제나 잠시 눈길을 준다. 어떤 깃발이든 깃발은 외롭고 고독하게 허공에서 펄럭인다. 바람의 세기에 따라 더욱 구김 없이 빛난다. 바람의 저항이 없다면 깃발은 금세 후줄근하니 볼품이 없어지고 만다.

바람에 펄럭이는 깃발을 잠시 일별할 때마다 나는 내 마음의 깃발을 돌아본다. 내 마음의 깃발은 아직도 펄럭이고 있는가. 그렇다면 내 마음의 깃발은 무엇인가. 도대체 나는, 내 마음의 깃발을 언제 처음으로 세웠는가.

어릴 땐 그저 선생님의 칭찬 한마디 때문에 글쓰기를 시작했지만,

—

청소년기에 접어들면서 이 세상이 물질문명으로 인해 인간이 점점 황폐화되어간다는 생각이 들었다. 세계가 내 잣대에 맞지 않는다고 분노하고 적의를 드러내기도 했다. 그 시절 어리석게도 문학이 세계를 변화시킬 수 있다고 맹신했다. 그러나 문학은 사회를 절대 변화시킬 수 없다는 걸 깨달았고, 적의를 드러내던 발톱을 감출 줄도 알게 되었다. 그럼에도 불구하고 이 슬픈 세계를 구원할 수 있을 것이라는 희망을 버리지 못하는 구도자처럼 문장을 찾아 떠나는 순례의 길을 가고 있다.

가끔 길을 잃고 우왕좌왕, 우물쭈물, 전전긍긍하며 시류에 휩쓸려 어디로 가는 줄도 모르고 떠밀려갈 때가 있다. 그럴 때는 어김없이 글을 한 줄도 쓰고 있지 않을 때다. 어느 날 삶이 지루하고, 시들하고, 불안했다. 그리디 어느 재야논객이 왜 이렇게 욕을 먹으며 바른 소리를 하느냐고 묻는 기자의 질문에 '먹물의 의무'라고 답했다. 나는 그 순간 보이지 않는 투명 벽에 이마를 세게 찧은 느낌이었다. 부끄럽고 부끄러웠다. 감히 말하건대, 펜으로 세상을 구원해보겠다는 가당찮은 꿈을 꾸는 자는 '먹물과'에 속한다. 그 동안 나는 얼마나 먹물의 의무를 저버리는 직무유기를 하였는가. 먹물의 의무는 자신의 깃발을 똑바로 드는 일이다.

내 깃발은 비에 젖은 생쥐처럼 후줄근했고, 사정없이 구겨져 있었다. 왜 늘 깨어 있어야 하는지, 왜 초심을 잃지 않아야 하는지 각성한다. 자신의 깃발을 방치하면 누구든 그렇다. 정치가는 왜 자신이 정치가가 되려했는지, 의사는 왜 자신이 의사가 되려했는지, 판검사는 왜 자신이 판검사가 되려했는지, 작가는 왜 펜을 들었는지 잊어버리면 안 된다. 그 초심을 잊어버리면 정치가는 독재자가 되고, 의사는 돈만 버는 장돌뱅이가 되고, 판검사는 권력남용으로 양아치가 되고, 작가는 저급한 창녀처럼 여기저기 권력에 아첨하는 글을 쓰게 된다.

우리는 모두 자신만의 깃발을 펄럭이며 세상을 건너가야 한다. 그 깃발을 잃어버리는 순간 인간은 방향을 잃어버리고 돈과 권력과 사치와 허영과 쾌락을 쫓아 방종하게 된다. 그리하여 죽을 때까지 채워지지 않는 공허와 우울과 허무와 고독에 시달리게 될 것이다.

당신의 깃발은 바람에 펄럭입니까? 제 깃발은 아직도 바람에 펄럭입니다.

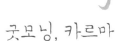

굿모닝, 카르마

카르마Karma, 업業이라고도 한다. 불교에서는 심신의 활동과 일상 생활을 말한다. 혹은 전생의 소행으로 말미암아 현세에 받은 응보應報를 가리키기도 한다. 나는 후자만 업이라고 알고 있었다.

인생의 쓴맛을 알기 시작한 게 언제였을까. 고3 때의 입시 중압감은 이빨도 안 들어간 거였다. 세상이 어떻게 돌아가는지 천지도 모르고 첫사랑과 결혼한 25세부터 신神은 내게 인생의 쓴맛과 짠맛을 알게 해주었다. 나의 카르마의 시작이었음을 오랜 시간이 흐른 후에야 알게 되었다. 그러면서 업이라는 게 일상생활에서 내가 하고 있는 일 또한 업(직업)이라는 걸 알게 되었다.

어느 날 코린토스의 왕인 시시포스는 신들의 왕인 제우스가 아이기나를 유괴하는 것을 목격한다. 아이기나는 강의 신 아소포스의 딸이다. 아름다운 님프 아이기나에게 반한 제우스는 독수리로 변해 아이기나를 납치한다. 이를 본 시시포스는 강의 신 아소포스에게 자신의 아크로폴리스에 샘물이 솟아나게 해주면 딸의 행방을 알려주겠다고 흥정을 한다. 딸을 찾아 방방곡곡을 다니던 아소포스는 그 요구를 들어주고 딸의 행방을 알게 된다.

그 일로 시시포스는 제우스의 노여움을 사게 된다. 못된 짓을 많이 한 시시포스는 인간 중에 가장 교활하다고 소문이 나 있었다. 제우스는 죽음의 신을 보낸다. 그러나 꾀가 많은 시시포스는 죽음의 신을 속여 그를 묶어두었다. 전쟁의 신 아레스가 죽음의 신을 구출하러올 때까지 아무도 죽지 않았다고 한다. 죽음의 신이 풀려나자 시시포스는 저승으로 가야 했다. 저승으로 가기 전날 아내에게 자신의 장례를 치르지 말고 제사도 지내지 말라고 당부한다.

저승의 신 하데스는 시시포스가 죽었는데도 시시포스의 아내가 장례도 치르지 않고 제사도 지내지 않자, 시시포스에게 아내를 혼내고 오라고 잠시 돌려보낸다.

지상으로 내려온 꾀보 시시포스는 저승으로 돌아가지 않고 장수했다. 그러나 인간은 언젠가는 죽게 된다. 죽은 뒤에 감히 신을 능멸한 시시포스는 커다란 바위를 산꼭대기까지 밀어올리는 벌을 받게 된다. 그 바위는 정상에 다다르면 다시 아래로 굴러떨어졌다. 그 형벌은 영원히 되풀이되었다.

　도대체 이런 게 다 인간세계에서 일어나는 일인가 싶을 만큼 충격적인 임신과 출산. 육아의 시간은 즐거움도 있지만 바깥세상과 완벽하게 단절된 우울한 생활의 연속이었다. 끊임없이 반복되는 삶. 시간이 어디에서 풀려나오는지도 모르고 매일매일 이어지는 똑같은 일상. 아무리 소리쳐도 아무도 날 구하러 오지 않는 지하감옥에 갇힌 듯했다.

　지하감옥을 탈출하기 위해, 내가 나로 존재하기 위해 크로버 타자기를 사서 글씨를 찍기 시작했다. 글씨는 문장을 만들었고, 문장은 문단을 만들었고, 문단들은 모여 책이 되었다. 밤마다 나는 타자기 앞에서 발광체처럼 파랗게 불타올랐다. 어느 날 경비실에서 올라왔다. 밤마다 누군가 빈수표치럼 찌어대는 타자기 소리에 잠을 잘 수 없다는 민원이 들어왔다고. 1986년 처음으로 필립스 노트북 컴퓨터를 샀다. 그때부터 지금까지 5년에 한번쯤 노트북 컴퓨터를 바꿔가며 글씨를 찍고 있다.

　노트북 컴퓨터를 두 개쯤 교체했을 때 시시포스 신화를 만났다. 아, 모든 인간은 시시포스처럼 자신만의 형벌이 있구나 싶었다. 그렇다면 이 형벌에 대한 구원은 없단 말인가. 그러다 부처를 만나게 되고, 업이란 말을 알게 되었다. 전생 빚(업)을 다 갚아야 다음 생에는 더 나은 삶으로 태어난다고 했다. 그 전생 빚을 소멸하는 행위가

—

'업을 닦는다'는 것이다. 부처의 지혜는 나를 가톨릭게 부디스트로 만들었다. '믿음은 보이지 않는 실상'이다.

그 업을 닦는 숭고한 행위가 무엇인지 나는 책에서 먼저 보았다. 내 기억으로, 처음으로 고독하고 성실한, 한 인간의 거룩함을 온몸으로 느끼며 울컥 울음을 쏟은 건 어니스트 헤밍웨이의 『노인과 바다』 (1952년)를 다시 읽으면서였다. 산티아고 노인은 84일 동안 고기를 못 잡았지만 좌절하지 않는다. 오로지 고기 잡는 일 자체에만 자부심과 사명감을 가지고 있다. 85일째 날 거대한 청새치를 잡지만, 상어 떼에게 모두 뜯어먹히고 뼈만 가지고 돌아온다. 다섯 번이나 쉬어가며 올라가야 하는 오두막집까지 걸어가며 그는 불평 한마디 하지 않는다. 그리곤 또 다시 내일 고기잡이 나갈 그물과 장비를 손질한다. 그 절대 고독의 모습은 인간의 존엄 그 자체다. 결코 신에게 굴하지 않는 의연함과 결연함과 장엄한 인간의 모습을 산티아고를 통해 보여준다.

책 밖으로 나와도 산티아고 같은 노인은 도처에 있음이 비로소 보였다. 내가 가락동에 작은 오피스텔을 마련한 지도 20년이 된다. 그 낡은 오피스텔은 가락동에서 가장 오래된 건물이다. 1004호. 10층 꼭대기에 있는 내 방을 오르내리다보면 늘 마주치는 사람들이 있다.

20년 동안 분식집에서 머리에 쟁반을 이고 배달을 하는 아주머니. 20년 동안 지하 3층 보일러실에서 살며 오피스텔의 모든 전기를 관리하는 아저씨. 1층에서 20년 동안이나 무안낙지를 파는 아주머니. 20년 동안 빈대떡을 구워 파는 아주머니. 20년 동안 곰국을 우려 파는 아저씨. 20년 동안 성인용품을 파는 아저씨. 20년 동안 문구를 파는 문구점 노총각. 골목을 돌아가면 20년 동안 한 평이나 될까 하는 공간에서 복권을 파는 아저씨. 그 앞에서 20년 동안이나 구두를 고치는 아저씨. 그 옆 송파모터스에서 20년 동안 차를 고치는 양반장. 모두 내가 아는 20년 이전부터 계속되어왔을 숙명적인 삶이다.

그들은 모두 시시포스 신화의 시시포스들이고, 『노인과 바다』의 산티아고 노인이다. 삶을 사는 것만으로도 충분히 훌륭하다는 걸, 자신의 본분을 찾아 성실하게 살다가는 게 자신의 '업'을 닦는 일이라는 걸, 자신의 업장을 소멸하는 일이라는 걸, 그들은 어떻게 알았을까. 이런 자각이 들 때마다 부끄럽다. 또한 그들은 외롭고 힘든 사람을 기꺼이 도우며 공덕을 쌓기도 한다.

나에게 고난이 없었다면 과연 나는 내 생각을 멈추고 나를 돌아볼 수 있었을까. 늘 고통스러웠다. 돈 많고 유능하고 성실하기까지 한 남편을 만난 친구들이나, 탁월한 재능으로 잘 나가는 친구나, 비슷하게 시작했지만 수많은 문학상을 받는 친구들을 보는 일은 괴로움이었다. 세상이 고해苦海임을 알게 되었다.

고해를 피하는 방법을 찾기 위해 닥치는 대로 책을 보았고, 책 속에 길이 있었다. 내게 주어진 이 부조리한 운명을 기꺼이 받아들이

—

며 끊임없이 시시포스처럼 바위를 산꼭대기까지 들어올렸고, 산티아고처럼 늘 빈손이지만 내일을 위해 그물을 손보았다. 어김없이 바위는 다시 굴러떨어졌고, 내 그물에는 언제나 고기가 걸리지 않았다. 어느 순간 저 깊은 심연에서 돌순처럼 딱딱한 무엇이 솟아나며, 이렇게 외쳤다.

— 얼마든지 오라. 나의 형벌이여, 나의 운명이여.

고난이 축복이란 말을 비로소 이해한다. 고난을 겪고 나면 내 영혼이 손톱만큼씩 성장해 있음을 알기 때문이다. 내가 '나의 업'을 다 닦는다면 비로소 시시포스의 형벌에서 벗어날 것이다. '아모르파티 Amor fati'라는 말도 있다. '운명을 사랑하라'는 프리드리히 니체의 말이다. 자신의 운명을 사랑하면 그때부터 운명은 더 이상 비극의 냄새가 나지 않는다.

직장생활도 마찬가지. 모든 인간은 각자 삶의 몫이 있는 것이다. 어떤 일을 하던 자신의 본분을 알아차리고, 돈벌이와는 상관없이 그 일을 꾸준히, 묵묵히, 성실히 하면서 자신을 완성해가는 것이 업을 닦는 일이며, 다음 생을 바꾸는 일에 투자하는 일이며, 삶의 저주를 푸는 열쇠가 될 것이다. 늘 자신의 삶은 다른 곳에 있고, 자신은 여기서 시시포스처럼 형벌을 받고 있다고 생각하면 영원히 운명을 벗어날 수 없고, 업을 닦을 수도 없고, '직업職業'은 돈만 버는 '직장職場'으로 전락하고 말 것이다. 인연은 받아들이고 최선을 다하되, 결과는 자신에게 달린 게 아니다. 그러니 집착은 하지 말아야 한다.

굿모닝, 카르마!

매일 아침 나의 카르마와 포옹한다. 나의 본분이 무엇인가를 아는 여정이 이토록 험난했다니. 깨달음은 늘 한 발 늦는 이방인처럼 고독을 휘장처럼 두르고 다가온다.

욕망의 거리두기

디스턴스distance. 거리, 거리두기. 늘 이걸 못해 평생 전전긍긍하며 살아온 것 같다. 거리두기에는 공간적 거리두기와 심리적 거리두기가 있다. 시간적 거리두기도 있겠지만 시간적 거리두기는 별반 어렵지 않다. 눈만 깜박거리고 있어도 시간은 흘러가서 저절로 거리두기가 가능하다.

공간적 거리두기도 마찬가지다. 코로나 시절, 공간적 거리두기는 필수였다. 그러나 내가 전전긍긍하며 살아온 거리두기는 심리적 거리두기between distance를 말한다. 나는 왜 늘 이 심리적 거리두기를 못해 상처투성이가 되는지.

현대인은 이 심리적 거리두기를 너무나 잘한다. 대도시에 살며 고학력일수록 남의 사생활에 간섭하지 않는 걸 미덕으로 여긴다. 개인 주의를 세련된 지식인인 줄 생각한다. 맞는 말이다. 그러나 사람들은 이 프라이버시 침해라는 허상에 갇혀 서로 교감하지도 않고 교감할 줄도 모른다. 자신의 마음을 얘기할 줄도 모르고, 남의 마음을 들을 줄도 모른다. 그래서 모두 외롭다. 외로움은 교감의 부재에서 온다. 교감을 하는 걸 배운 적도 없고 훈련한 적은 더더욱 없다.

교감의 재료는 서로에 대한 관심과 연민이다. 그 관심과 연민은 사랑이며 그 사랑은 우정으로 이어진다. 그러나 현대인은 우정이라는 단어 자체를 모르는 것 같다. 우정이란 지음知音을 말한다. 지음, 자기의 소리를 알아듣는, 다시 말해 속마음을 알아주는 벗을 말한다. 속마음을 알아주기만 해서도 안 된다. 변하지 않는 마음, 의리까지 이어져야 신정한 우정이다.

벗을 알면 벗의 근심이 보여야 한다. 그러나 대부분의 사람들은 그 근심을 절대 보지 않는다. 친구라고 생각하는 이에 대한 궁금함이나 호기심이 없다. 태어나면서부터 아니 뱃속에 있을 때부터 친구는 다만 경쟁상대일 뿐이다.

관심은 오직 겉에 드러난 조건들에만 있다. 청소년기에는 공부를 잘하는지 못하는지, 20대 때는 외모가 예쁜지 준수한지, 30대 때는 배우자가 무엇을 하는지, 40대 때는 어느 동네에 살며 몇 평에 사는지, 50대 때는 자식들이 명문대를 갔는지 혹은 자식이 얼마나 능력

있고 물질이 풍부한 배우자와 결혼했는지, 60대 때는 부모 혹은 시부모가 유산을 물려주고 빨리 죽었는지 등등이다. 유산도 없으면서 아파 요양병원에 있다면, 유산 많이 남겨두고 일찍 죽은 시부모를 가진 친구는 자신이 복이 많은 걸 확인하고 살짝 교만해진다.

— A 시어머니 요양병원에 가셨다고 하더라. 어떡하니? A 너무 힘들겠다. 유산도 하나도 없고 아들 놈은 결혼도 안 했는데, 남편은 퇴직했잖아.

— 그러게 말이야. 넌 정말 복이 많다. 시부모님이 그 많은 땅 물려주고 일찍 돌아가주셨는데다, 딸이 그렇게 연봉이 많은 IT회사에 다녀서. 네 부부가 손녀 돌봐주는데 오백만 원씩 준다며?

— 에이, 이백은 도우미 이모에게 가지. 어쨌든 난 내가 이렇게 복이 많은지 몰랐어.

A를 뺀 그들은 별안간 엄청 선량해진 목소리로 조금 불우하게 된 친구를 위로하는 척 자신들의 안위를 확인한다. 그들 중 누구도 진심으로 A를 걱정해주는 이는 없다. 그래도 그들은 동창이라는 카테고리를 절대 풀지 않고 친구라고 굳게 믿는다. 온종일 수다를 떨다 집에 와도 그들은 외롭다. 근데 왜 외로운지 모른다.

그 모든 부와 외형과 조건들이 다 헛된 것임을 몸과 마음은 안다. 머리만 모른다. 또한 자신이 외롭다고 생각하면 큰일나는 줄 안다. 외롭다는 생각이 들라치면 얼른 욕망을 쫓아 무엇인가를 소유하거나 소비하는 강물에 뛰어든다. 외로워보지 않고 어찌 남의 외로움을 알 것이며, 마음이 아파보지 않고 어찌 남의 아픔을 알 것이며, 배가 고파보지 않고 남의 배고픔을 어찌 알겠는가. 하여, 그들은 아무도 사랑할 수 없는 목각인형 마리오네트가 되어간다.

서로 교감하려면 진솔해야 한다. 그러나 아무도 진솔하게 말하지 않는다. 할 줄을 모른다. 진솔하게 말하는 훈련은 독서를 통해 자존 감이 높아야 가능하다. 그러나 태어나면서부터 입시경쟁에 내동댕 이쳐진 아이들에게 책을 읽으라고 하면, '이번 생은 망'하라고 하는 말이냐고 할 것이다.

외로운 그들은 만나고 또 만나야 한다. 코로나 시절, 공간적 거리 두기는 매우 견디기 힘들었을 것이다. 맛집 찾아가서 먹고, 쇼핑하고, 자 마시고 혹은 술 마시고 노래하고 춤추며 진종일 허언虛言들을 떠들어야 하는데 말이다.

한때 나도 그들 속에 섞여 있었다. 다 내 맘 같은 줄 알고 내 속을 다 내보였다. 포장되지 않은 마음을 그대로 보여주었지만, 그들의 마음은 겹겹이 갑옷으로 무장하고 있었다는 걸 깨달을 때쯤 엄청난 상처를 받았다. 그들은 나를 우리we에 가두려했고, 그들의 가치기준 에 맞는 인간으로 길들이려했다. 그들의 가치기준은 오로지 물질과 화폐와 자본으로 재빨리 계산되고 환원되는 거였다. 그 기준이라면 가난한 예술가는 모두 하류인생이다.

거의 모든 걸 가진 그들은 행복해보이지 않았다. 무표정으로 가장했지만 습기처럼 묻어나는 자기기만은 숨길 수가 없다. 어쩌면 그들은 이 모든 재물과 부귀영화가 다 부질없음을 눈치챘는지 모른다. 그걸 눈치챘지만, 그렇다면 그 다음에는 어떻게 해야 하는지 모른다. 최소한 불행하지는 않다. 그렇다고 행복하지도 않다. 다른 이도 그런가 하고 소금물을 들이켜듯 정탐하려, 만나고 또 만난다. 정신적인 긍지가 없으면 인간은 영원히 공허할 수밖에 없다.

그들에겐 '공간적 거리두기'가 필요한 게 아니라 '욕망의 거리두기 distance of desire'가 필요하다. 욕망의 거리두기를 함과 동시에 '심리적 거리두기'는 좁혀야 한다. 그래야 비로소 타인이 보이기 시작하고, 타인의 눈물이 보이기 시작하고, 타인의 아픔이 보이기 시작한다. 욕망은 소유욕에서 출발하고 그 소유욕은 오로지 내 새끼, 내 가족만 잘 먹고 잘 살면 된다는 가족주의로 변질되면서 극도의 이기주의로 만든다. 현대인은 심리적 거리두기를 하는 게 교양 있는 것이라 여기니, 남의 슬픔이나 고통이나 아픔 따위는 언제나 강 건너 남의 일이 되고 마는 것이다.

그렇다면 정신적인 긍지는 어떻게 생길까. 인간은 결국 이타적利他的일 때 긍지를 가지게 된다. 물질적이든 정신적이든 남의 아픔과 슬픔을 외면하지 않고 도울 때 말이다. 그런 행위는 한 생명체를 살리는 일이고, 나아가 인류를 구원하는 일이다. 한 생명체를 살리는

—

활인공덕活人功德이야말로 바로 나를 살리는 최고의 공덕이다. 왜냐하면 우리는 모두 거대한 인연의 그물인 '인드라의 진주'로 연결되어 있기 때문이다.

아무리 재물이 많아도 인간은 늙고, 병들고, 죽는 걸 피할 수는 없다. 그 두려움을 극복할 수 있는 방법은 자연의 법칙을 생각하면 답은 나온다. 봄, 여름, 가을, 겨울이 있듯 우리의 삶 또한 사계절이 있다. 가을이 왔는데도 단풍이 들지 않는다면 이상기후로 인류는 멸종하게 될 것이다.

어쩌면 우리는 허무를 아는 일에 일생을 바치는지 모른다. 그 허무를 아는 과정이 고난의 연속이었고, 마침내 그 허무와 맞닥뜨렸을 때는, 욕망을 덜어내는 마지막 힘든 여정이 남아 있다. 깨달은 자란 이미 허무를 아는, 순환되는 우주의 원리를 아는, 죽음이 또 다른 시작임을 아는, 하여, 죽음을 기꺼이 받아들이는 존재들이 아닐까.

아무튼, 심리적 거리두기는 좁히고, 욕망의 거리두기는 넓게 벌릴수록 세상은 조금 더 살 만한 곳으로 변화될 것이다.

발우를 들고

발우鉢盂는 절에서 쓰는 승려의 공양 그릇이다. 부처님은 발우를 들고 대중의 집 앞에 가만히 서 있었다. 탁발수행이다. 절대 밥을 달라고 하지 않았다. 주인이 밥을 줄 때까지 기다렸다. 승려들은 무소유를 실천하기 위해 농사도 짓지 않았다. 지금도 승려들이 탁발하는 나라가 많다. 우리나라는 불교가 탄압을 받아 깊은 산 속으로 숨어들면서 자급자족을 위해 농사를 짓기 시작했다.

문득 요즘 내 생활이 발우를 들고 가만히 서 있구나, 하는 생각이 들었다. 나는 직업이 두 개다. 하나는 글쟁이고, 하나는 역학자易學者이다. 역학자는 역학에 능통한 사람이다. 역학은 주역의 내용을 기초로 음양의 이치를 연구하는 학문이다. 내가 공부한 학문은 명리학이다. 명리命理는 하늘이 내린 목숨과 자연의 이치라는 뜻이다. 명리학은 생년월일시, 네 기둥으로 이루어진 사주四柱에 음양오행의 원리를 적용하여 운명을 해석하는 학문이다. 고대 중국인들이 하늘의 별자리를 보며 운명을 점쳤다. 명리학은 천문통계학이며, 미래예측학이다.

미술학도였지만, 외로워서 글을 쓰다보니 글쟁이가 되었고, 삶의 고난을 만나자, 오이디푸스처럼 나에 대한 신탁神託이 궁금해졌다. 신탁은 운명의 다른 말이다. 수많은 점쟁이와 역술가를 순례했다. 어쩌다 인연이 닿아 직접 공부를 하게 되었고, 이젠 밥벌이수단이 되었다.

운명을 본다고 해서 팔자가 바뀌지는 않는다. 운명을 푼 종이를 간명지看命紙라 한다. 간은 볼 간看 자를 쓴다. 운명을 본다는 뜻이다. 운명을 본다는 건 거울에 자신을 비춰보듯 명리에 자신의 모습을 비춰보는 것이다. 자신의 운명이 어떻게 생겼는지 알면 그렇게 생긴 대로 업을 닦으며, 다음 생을 위한 공덕도 조금씩 저금하며 살면 된다. 그러나 대부분의 사람들은 자신이 네모로 생겼는데 자꾸 둥글게 생기지 않았다고 화를 낸다. 급기야, 명리를 풀어준 나를 불신하기도 한다. 그런 사람은 대개 마음이 욕심과 물질로 더럽혀져 있어 내 말이 들어갈 틈이 없다.

그렇다 하더라도 그저 당신의 사주팔자는 이렇게 생겼다고 말해 줄 수밖에 없다. 팔자는 바뀌지 않는다. 태어날 때도 죽을 때도 네 기둥의 여덟 글자는 바뀌지 않는다. 팔자가 비록 오행이 다 없어 반듯하지 않아도 대운과 해운에서 보완하거나 배우자의 기운이 보완해주면 큰 풍파 없이 지나갈 수 있다. 사주팔자는 관습적인 것이라 여자는 그저 남자 잘 만나 편하게 사는 게 좋은 사주로 여긴다. 남자는 관직에 나가거나 돈을 많이 벌어야 성공한 인생으로 여긴다. 시대가 바뀌었는데도 아직도 이렇게 후진국 사고를 하고 있는 사람이 의외로 많다.

특히 나를 힘들게 하는 부류는 강남의 딸 가진 여인들이다. 그녀들은 자신의 딸이 엄청난 공주의 사주를 타고난 걸로 착각한다. 옛날 왕정시대 때의 공주는 놀고먹고 갑질이나 하는 신분이 아니었다. 나라가 환란에 처하면 국익을 위해 혹은 수교를 위해 얼굴 한번 본 적 없는 적국의 왕이나 왕자와 결혼을 해야 하는 의무가 있다는 걸 교육받고 자란다. 요즘 사람들은 공주라면 그저 놀고먹고 허영과 사치만 부렸다고 생각한다. 왕정시대의 공주는 나라를 위해 자신의 인생을 희생하는 자들이었다. 해서, 그들에게도 녹봉을 주었다.

공주가 무얼 하는 신분인지도 모르고 자신의 딸은 공주이길 원하는 여인들이 많다. 아무튼 그들이 생각하는 공주 사주가 아닌 딸을 공주로 착각하고 어디선가 백마 탄 왕자가 나타나기를 기다리다가 딸과 같이 노년을 맞을 수도 있다.

내 형벌은 외로움인 줄 알았다. 그러나 그 형벌이 사치라는 생각을 하게 된 건 생존과 맞닥뜨렸을 때였다. 할 줄 아는 건 책 보고 글 쓰는 일밖에 없었다. 글쟁이로는 생존이 해결되지 않는다. '궁하면 통한다'는 속담이 있다. 우연히 만난 명리학이 발우가 되었다. 발우를 들고 서 있은 지 20년이나 되었다. 발우를 들고 가만히 서 있으면 사람들이 밥을 준다(상담료). 밥 보시를 받았으니 나는 승려는 아니지만 법 보시(그들의 운명을 보여준다)를 한다. 세상은 음양오행의 기운으로 돌아가니, 나쁜 오행의 기운에 있는 상담자에겐 '마음의 방향'을 바꿔 편안하게 그 시기를 지나갈 수 있도록 조언을 한다. 좋은 오행의 기운에 있는 상담자에겐 네 마음대로 하라고 한다. 그러나 절대 교만해서는 안 된다. 신神이 가장 싫어하는 게 교만이다.

소유와 집착과 자본 증식의 욕망을 놓기란 쉽지 않았다. 늘 불안했다. 이렇게 누추하고 구차하게 사느니 그만 살아도 될 거 같았다. 집이 없는 것도 아니고, 일터가 없는 것도 아니고, 차가 없는 것도 아니고, 굶는 것도 아니었다. 그러나 약 없이 하루도 잘 수가 없었다. 매일 매일을 하루살이처럼 살아냈다. 그러다 불교를 만나게 되었다. 모든 게 욕심에서 비롯된 불안과 고통이었다. 그렇게 삼 년쯤 출퇴근길에 유튜브로 부처를 만났다.

어느 순간 욕망의 방향이 바뀌어 있었다. 인간에 대한 애착하는 마음도, 자본을 증식하고 싶은 마음도, 소비욕망의 마음도, 시나브로 없어졌다. 인간에 대한 애착과 자본증식의 욕망과 소비욕망으로부터 자유로워지자 불안이 사라졌다. 종교(가톨릭)를 바꿀 마음은 없다. 그러나 부처의 지혜(연기법과 제행무상)는 내게 평화를 주었다.

여태까지의 삶으로 봐서 한번도 굶은 적도 없고, 밥을 먹기 위해 비굴하게 군 적도 없다. 그러니 그저 발우를 들고 가만히 서 있으면 된다. 어떨 땐 아주 오래도록 발우를 들고 서 있을 때도 있다. 어떨 땐 발우에 넘치도록 밥 보시를 하는 사람들도 있다. 명절이 되면 누군가는 사과를 보내오고, 누군가는 배를 보내오고, 누군가는 귤을 보내온다. 사람들이 나에게 무엇인가를 선뜻 아낌없이 줄 때마다 깜짝깜짝 놀란다.

명리학에 천을귀인, 월덕귀인, 건록암, 암록암이라는 말이 있다. 사주팔자에 이런 것들이 있으면 하늘에서 복을 받게 되어 지혜가 총명하고 만인의 도움을 받아 성공할 수 있는 길성으로 본다. 한마디로 천우신조天佑神助라 한다. 하늘이 돕고 신령이 돕는다는 말이다. 나는 이 말을 '하늘은 스스로 돕는 자를 돕는다'는 뜻으로 해석한다.

사람이 살면서 세상에 선행을 베풀며, 복을 조금씩 저금해둔 것들이 그 사람에게 다시 돌아오는 것이다. 선행은 꼭 물질만을 가리키지 않는다. 따뜻한 말 한마디도 천 냥 빚을 갚을 수 있는 것이다. 자신이 죽고 없으면 자신의 DNA를 받은 후손에게 그 복은 돌아간다. 동기감응同氣感應. 같은 기를 가진 것끼리는 감응한다는 뜻이다. 권

세가들이 길지에 묏자리를 쓰는 이유가 여기에 있다. 후손들에게 그 땅의 좋은 기를 주려고 칼부림까지 마다하지 않는다.

대부분 삶이 고달플 때 사람들은 나를 찾아온다. 그럴 때 자신의 사주팔자를 알고 나면 위안이 된다. 아, 내 신탁의 모양은 이렇게 생겼구나. 누구와 비교할 수 없는 유일무이한 운명. 그 운명을 사랑하면 된다. 마음이 맑고 순순한 사람은 금세 알아듣는다. 그러나 마음이 탁하고, 욕심으로 흐려져 있는 사람은 절대 알아듣지 못한다. 그런 사람들은 두 배 세 배의 에너지가 소모된다. 잔꾀를 부려 눈앞의 이익을 쫓으면 금세는 잘 산다. 그러나 남을, 한 생명체를 가슴 아프게 하거나, 손해를 끼치면 결국 그 나쁜 기운은 부메랑처럼 그 자신에게 돌아간다.

모든 것을 내려놓고 부처님처럼 발우를 들고 가만히 서 있자, 비로소 새순이 돋아나듯 깨끗한 마음이 자라기 시작했다.

무무당

봄 태풍이 지나가나? 오월 초, 일요일. 봄바람치곤 꽤 사납게 부는 날 3명의 삼십대 초반 아가씨들이 상담을 왔다. 나이가 한두 살씩 차이가 나면, 나는 꼭 어떤 사이냐고 묻는다. 사주팔자를 같이 보러 오는 사이는 대부분 절친들이거나 자매들이다. 직장 동료들은 같이 오지 않는다. 그들은 직장 동료였지만 지금은 뿔뿔이 흩어져 다른 직장을 다닌다고 했다. 그래도 여전히 친하다고 했다.

— 그럼 지금부터 죽을 때까지 서로 등에 칼을 안 꽂는다는 결의를 하세요. 선생님 옥호가 무무당이니, 오늘 결의는 '무무당 결의'입니다.

아가씨들은 서로 손은 잡고, 유비, 관우, 장비가 '도원결의'로 의형

제를 맺듯 무무당에서 의자매의 결의를 맺었다. 이런 식으로 많은 아가씨들에게 '무무당 결의'를 맺게 했다. 아무리 험한 팔자가 나와도 함구緘口하는 조건인 것이다. 사람들은 대개 남의 사주팔자는 나쁜 것만 기억하고 자신의 팔자는 좋은 것만 기억했다.

무무당無無堂. 이 옥호는 원래 화가 최욱경(1940~1985)이 사용했다. 그녀에게 허락받진 않았지만 아마 흔쾌히 '오케이, 괜찮아'라고 할 것이다. 그녀와의 인연은 아주 짧게 스쳐지나갔다. 대학 4학년 봄날. 얼핏 초등학교 소녀 같은 작고 마른 체형의 여인이 청바지와 청재킷과 청베레모와 군인들이 신는 워커를 신고 담배를 피우며 미술대학 건물 쪽으로 올라오고 있었다. 전두환이 대통령인 군부독재시절이었다. 그 독특한 모습은 생경했지만, 대학 캠퍼스와 아주 잘 어울린다는 생각이 들었다. 대학 캠퍼스가 아니면 어디서 저렇게 자유분방한 모습을 본단 말인가.

그녀는 서울에서 내려온 회화과 부교수였다. 서울대학교를 나왔으며 미국 크랜브룩 미술학교에서 석사학위를 받았다. 초기에는 추상표현주의 그림을 그리다가 나중에는 대담한 선과 색채가 주는 강한 리듬감을 통해 자신의 열정과 사유, 철학 등을 표현했다. 이 정보도 인터넷 서핑으로 알게 된 것이다. 또한 그녀의 작품을 직접 본 적도 없고, 수업을 들은 적도 없다. 그녀의 추모회고전도 교묘하게 인연이 닿지 않았다.

—

그렇게 스쳐지나가고 5년이 흐른 어느 가을. 친구라곤 한 명도 없는 서울에서 아들을 유모차에 태우고 아파트 단지 안의 미용실에 머리를 자르러 갔다. 앞 손님이 있어 기다려야 했다. 테이블에 여성잡지가 수북이 쌓여 있었다. 아무거나 집어 펼쳐 읽다가 이런 시를 발견했다.

여의도 시범 아파트에 살면서
그는 자기 화실을
무무당이라 했다
그림 마른 꽃 담배 냄새 테레핀유
마흔다섯 살 처녀 냄새
쑥을 뜬 진한 독약 같은
정신이 벽지에 밴 방이었다
그는 양파를 대충대충 썰어
어설픈 저녁을 만들어주었다
그의 3백호 그림 마사 그래함은
춤추는 흑백 열병 같았다
푸른 꽃이 분홍 회색으로
분열 쪼개지는 혹은 겹치는
농담濃淡의 사나운 뒤척임도

—

강렬한 그의 것이었다

그의 그림 속의

외침을… 나는 들었다

무더위에 까망 의상을 입고

며칠 전 저녁 초대에 푸성귀만 한 접시

먹던 그를 보았다.

우린 피차 가깝게 살았다

정신의 통로 발화 지점의 거리

제헌절 날 조간에 그가

유명을 달리한 얼굴로 웃고 있다

그는 무무당에서 죽었다

무채색 거품처럼 이렇게 답히 뛰어기디ㄴ!

― 김영태의 「무무당의 새」 전문

부제는 '최욱경의 죽음'이었다. 최욱경은 그 포스만으로 내게 강렬
한 인상을 준 화가였다. 그녀가 죽었구나. 나는 미용실 주인 몰래 그
시가 실린 잡지의 페이지를 찢어서 가져왔다.

무무당이란 단어에 꽂혀 그날부터 미친 듯이 써내려간 소설이 나
의 등단작품이 되었다. 「무무당의 새」(1986, 중편소설, 동서문학 신
인상). 무무당, 아무것도 없는 곳, 눈에는 보이지 않지만 자유를 억

―

압당하고 있는 이곳을 탈출하려던 남동생은 자진하고, 남친은 민주화운동으로 쫓기는 운동권대학생 후일담 이야기다.

그 시절, 내 또래 청년들은 민주화를 위해 릴레이로 꽃잎이 떨어지듯 분신자살이 이어졌다. 아들을 업고 그런 TV 뉴스를 보고 있으면, 아무것도 할 수 없는 죄책감으로 숨도 크게 쉴 수 없었다. 우리나라의 자유민주주의는 그렇게 불꽃 같은 젊은 목숨의 피를 먹고 이룩한 거다.

역사는 반복되는 여정인가. 잠시 멈춰서서 찬찬히 생각해야 할 때다. 나라의 형성 과정이란 건국을 하고, 산업화를 이루고, 피로 자유민주주의를 쟁취하고, 그 다음은, 그 다음은 어디로 가야 하는가. 새로운 비전을 제시하는 선지자가 나타나 우리를 선진국으로 인도하길 빌어본다. 선진국이란 집단주의가 아니라 개인주의가 존중받는 사회다. 우리는 어떠한가. 언제나 이쪽 아니면 저쪽을 선택하길 강요한다.

시인이며, 화가며, 무용평론가인 김영태(1936~2007) 선생은 생전에 딱 한번 뵌 적이 있다. 무용을 좋아하는 나는 대학로 문예회관에서 하는, 어느 아는 교수의 무용을 보러갔다. 그 리셉션장에서 마주쳤다. 나는 지면으로 봐서 선생의 얼굴을 금세 알 수 있었다. 그에게 다가가 선생님의 시, 「무무당의 새」를 제가 소설 제목으로 차용했다고 고백했다. 그러자 선생은 흔쾌히 웃으며 괜찮다고, 아무 상관없다고 말했다. 그도 떠났다.

세월이 또 흘렀다. 어느 날 문득, 무무당의 정확한 뜻을 알고 싶어 인터넷을 뒤졌다. 스님들이 교학을 공부한 강당을 무무당이라고 했다. 모든 절의 강당을 무무당이라고 하지는 않았다. 봉정사는 '화엄강당'이라고 했다. 그러나 화엄강당도 무무당인 것이다. 그럼 '무무無無'가 무슨 뜻이란 말인가. '없고, 없다'인가, '없는 게 없다'인가. 물론 나는 '없고, 없다'라고 생각하고 소설을 썼다. 단순하게 공호을 떠올렸던 것이다.

'없고, 없는' 건 아무것도 없다는 뜻이고, '없는 게 없다'는 모두 다 있다는 말이다. 완전히 다르지만 같은 말이라는 걸 아는 데 수십 년이 걸렸다. 색즉시공 공즉시색, 모든 유형의 사물은 공한 것이며, 공한 것은 유형의 사물과 다르지 않다. 『반야심경』첫 구절에 나온다. '세상은 다 있다. 없는 것이 없다. 없다는 건 머릿속에만 있다. 없는 건 존재하지 않는다.' 어느 철학자의 강의를 듣다, 무무당을 생각했다.

색즉시공色卽是호, 공즉시색호卽是色은 형상이 인연이 다해 흩어지면 공하고, 공한 것은 어느 조건들의 인연에 따라 모이면 형상을 가지기도 한다는 말이다. 아인슈타인은 '모든 물질은 우리가 눈에 보이지 않는 것으로 산화하여 없어졌다 해도 없어진 것이 아니라, 이 우주 공간에 에너지로 변화되어진 것뿐'이라고 했다. 즉, 에너지와 물질은 서로 전환되며, 빛은 파동이면서 물질이라는 말이다. 특수상대성이론이다. 불교의 『반야심경』에 나오는 말과 같다. 부처의 지혜를 서양물리학이 증명한 것이다. 무무당의 정확한 뜻을 알아 기뻤다. 없고 없는 게, 없는 게 없는 것이다.

그러니까 세상의 물질들은 인연(조건)이 닿아 모이면 보이고, 인연이 다해 흩어지면 안 보인다. 그러니 세상은 무상하다. 영원한 게 없다는 말이다. 모든 것은 무상하고, 무상하니 애틋하고, 무상하니 사랑하는 것이다. 플라스틱 꽃보다 벚꽃을 좋아하고, 늙으니 지금을 사랑하고, 죽으니 삶을 사랑하는 이유가 여기에 있다. 우리는 세상의 모든 무상한 것들을 사랑해야 한다.

졸지에 '무무당 결의'를 한 3명의 아가씨들은 내년과 내후년에 모두 결혼운이 들어왔다고 하자, 환한 얼굴로 돌아갔다. 사납던 바람이 조금 잠잠해졌다. 무무당이란 말을 알게 해준 김영태 선생과 화가 최욱경 선생에게 삼가 감사의 절을 올린다. 비범한 지성과 예민한 감수성으로 인해, 고단했을, 예술가의 한 삶이었을 것이다. 그 두 영혼, 이젠 평안하시길 늦게나마 명복을 빕니다.

매달린 절벽에서

20년째 다니는 수선집 이름이 '잉글랜드 수선'이다. 실제 평수가 다섯 평이나 될까 싶은 작은 공간에서 부부가 일을 한다. 원래는 여자 혼자서 했는데, 남편이 의류회사 미싱공으로 있다가 정년퇴직을 하고 합류했다. 둘이 어디서 어떻게 만났을까는 미루어 짐작이 되었다. 부부는 키가 작다. 아이 셋을 낳고 개미처럼 일하며 산다.

강북 쌍문동에서 강남 가락동까지 오전 5시 반에 출근해서 저녁 7시 반까지 일하고 집에 가서 저녁 먹고 10시 반에 잔다고 했다. 새벽 3시 반에 일어나 아침밥을 해먹고, 도시락을 싸서 5시 반까지 출근해서 수선 일을 한다. 일요일만 쉬고 매일 그렇게 생활했다.

나는 팔다리가 한국의 기본 체형보다 길쭉하게 생겨 새 옷을 사면

—

무조건 잉글랜드 수선집을 거쳐야 한다. 헌옷도 늘 수선해서 입기를 좋아한다. 그러다보니 어디로 이사를 하든지 수선집 여자와 잘 사귀어놔야 한다. 가락동에 터를 잡은 지 20년째 되니 그녀를 만난 것도 그렇게 되었다. 여자는 솜씨가 좋아, 까다로운 내 취향을 잘 헤아려 늘 나를 감탄케 했다. 어느 날 보니 키 작은 남편은 반백이었다. 이들을 보면 숙연해진다. 묵묵히 자신에게 주어진 업業을 닦고 있는 구도자 같기 때문이다.

난 언제부터 불평불만을 하지 않았을까. 젊은 날 유토피아를 꿈꾸며 이 타락하고 더러운 세상을 변화시켜보려고 감히 펜을 들었었다. 늘 세상과 불화했고, 세상에 적의감을 드러내며 허공에 종주먹을 날리듯 살아왔다. 그러나 이순을 넘긴 나이에도 돌아보니 세상은 더 타락했고, 더 더럽혀지고 있었다. 물질문명에 브레이크를 거는 역할을 해보겠다는 꿈은 그저 헛꿈이었다.

물질문명의 발전으로 삶이 편리해지고 몸은 점점 더 편해지지만, 정신적인 윤리와 도덕은 아사 직전이 되었다. 아마 이 세기가 끝나기 전에 인간의 정신은 죽고 말 것이다. 니체가 '신은 죽었다'라고 했다. 나는 이렇게 말하고 싶다. '정신은 굶어죽었다'라고. 사람들은 정신에게 밥을 주지 않는다. 정신에게 밥을 주는 방법도 모른다. 아무도 가르쳐주지 않는다. 공부만 잘해 돈만 잘 벌면 성공한 자라고 가르친다. 행복한 청소년이 없는 나라다. OECD 국가 중 자살률 1위의 나라가 되었다.

정신의 일용한 양식은 독서Reader뿐이다. 독서에서 출발해서 모든 문화예술로 나아가게 된다. 심지어 스포츠까지 그렇다. 독서는 사고력을 키우고, 자신의 삶을 어떻게 살아야 하는가를 깊이 생각하게 한다. 리더Reader를 하지 않는 사람은 세상의 리더Leader가 되기는커녕, 자기 삶의 주인이 되기도 쉽지 않다. 독서력이 없이 성공한 연예인이나 스포츠맨들은 매우 위험하다. 자신이 바라보고 가야 할 별 혹은 소명召命을 모르기 때문에 함부로 살게 된다. 우리는 도처에서 그런 막 사는 이들을 목도한다.

우리는 왜 전생과 환생과 저승을 만들어냈을까. 저승이 없다면, 전생과 환생이 없다면 인간은 도덕적으로 착하게 살 필요가 없다. 죽음이 끝이라면 제 욕망대로, 본능대로 살다가 죽으면 그만이다. 인간이 종교를 만들어낸 이유는 뭘까. 죽음에 대한 공포와 두려움 때문이기도 하지만, '인격을 완성'해가고 '영혼을 성숙'시키기 위함이기도 하다.

어느 날 내 꿈은 유명한 작가가 되는 것도 불멸의 작품을 남기는 것도 아님을 알았다. 한 동안 나는 불멸의 작품을 써서 사람들의 기억에 불멸하는 작가가 되려고 파랗게 나를 불태웠다. 그러나 문학도 인간도 모두 돌부처처럼 돌아앉아 말이 없었다. 혼신의 힘을 다해 쓴 작품들은 센세이션한 사건들에 묻혀버리기 일쑤였고, 진심을 담아 마음을 준 인간들은 끊임없이 내게 상처를 주었다. 습자지처럼 얇은 내 영혼은 가랑비에도 구멍이 뚫렸다. 오래도록 아파했고, 오래도록 사색에 잠겼다. 그러다 문득 세상은 내 영혼의 성숙을 위한 수행처라는 생각이 들었다. 글쓰기 또한 농부의 쟁기처럼 수행을 위한 나의 쟁기구나 싶었다.

불환不還. 다시는 욕계欲界, 욕망이 존재하는 세계에 돌아오지 않는다는 뜻이다. 돌아오고 싶지 않다. 탐욕과 성냄과 어리석음이 소용돌이치며 3초마다 번뇌에 사로잡히는 뜨거운 마음을 끄고 영원히 고요한 상태의 열반에 이르러야 불환하리라. 다시 말해 모든 집착을 놓은 적멸의 경지에 들어야 욕계에 돌아오지 않을 것이다. 4아승기(빅뱅) 10만겁의 전생을 거치고 '고타마 싯다르타'는 깨달은 자, 붓다가 되었다고 한다. 아, 난 얼마나 더 태어나고, 태어나고, 태어나야 할까.

천지 구분도 못하던 시절의 인연이 없었다면, 아마 나는 구도자의 길을 택했을 것이다. 내가 진정 원하는 게 무엇이었는지 이렇게 육십갑자를 다 산 후에야 깨닫다니. 글을 아무리 써도 채워지지 않는 갈증에 시달렸고, 아무리 진심을 다해 무리 속에 섞여보려 해도 어느 순간 마음을 다친 나를 바라보고 있었다.

모두 탐욕과 집착을 벗어나지 못함 때문이다. 인간의 욕망을 다스릴 수 있는 교육을 한번도 받아보지 못한 우리는 456억원(《오징어 게임〉, 2021, 황동혁 감독)이란 자본의 거대한 자석에 끌려가게 되는 것이다. 전 세계 넷플릭스 1위 드라마, 〈오징어 게임〉의 평들은 하나같이 우리 사회를 욕하고 자본주의를 부정하는 말들밖에 없다.

그렇다면 인간의 욕망을 통제하는 사회주의는 어떠한가? 그나마 개인의 욕망을 추구할 수 있게 하는 민주주의와 자본주의가 인류가 지금까지 진화하며 터득한 가장 나은 제도가 아닐까. 앞으로 수정 민주주의와 수정 자본주의로 거듭 진화할 것이다. 인류가 멸망하지 않는다면 말이다.

〈오징어 게임〉 속 인간의 끝간데없는 욕망의 추악함을 논한 칼럼은 하나도 보지 못했다. 모두 사회를 욕하고 제도를 욕하고 세상을 욕했다. 그렇게 인간의 욕망의 추악함을 적나라하게 보여줬는데도, 그 게임 속의 인간들을 희생지라 생각했다. 물론 그들은 장기판 위의 말처럼 보이지 않는 부와 권력을 가진 자들의 쾌락을 위해 희생되는 희생자임을 암시한다. 그건 시즌2에서 증명할 문제다.

주인공 456번 성기훈은 민주주의이며 자본주의인 나라에서 밑바닥인생으로 추락한 루저였다. 그러나 그는 인간의 본성인 선함을 끝까지 잃지 않았기 때문에 승자가 될 수 있었다. 사람들은 이 난폭한 영화를 보며 자신을 돌아볼 생각은 하지 않고, 세상과 제도만 손가락질한다. 그러니 어떤 바이블도, 어떤 불경도, 어떤 도덕경을 보여 줘도 자신을 반성하거나 성찰하지 않는다. 자신 속에 있는 악마적 욕망을 극대화시키면서 자본의 물결에서 밀려나게 되면 세상을 향해, 사회를 향해 삿대질을 한다. 모두 네 탓이라고.

자본의 파도에서 밀려나는 순간이 내겐 축복이었다고 할 수 있다. 강남에서 20년 살다 성남을 거쳐 광주시 오포읍 매산리로 이사 왔을 때 비로소 나무와 강과 꽃과 풀이 보이고, 새소리가 들리기 시작했다. 더 이상 자본에 꺼들리지 않으니 자유로웠다. 자고나면 억소리가 나게 매일 집값이 올라도 평온했다. 그 순간, 내게 고통을 준 인간들과 물질과 자본은 내 영혼을 위한, 내 글쓰기를 위한, 내 구도求道를 위한 도구와 수단에 불과했다는 자각이 들었다. 감사할 일이다. 간신히, 평화가 왔다.

최소한의 청빈한 생활을 하면 된다. 청빈과 청결. 검소와 겸허. 쉽지 않지만 그다지 어렵지도 않다. 호구를 해결하는 상담일 외는 속세를 떠난 듯 살면 된다. 모든 저녁 약속은 잡지 않는다. 많지도 않은 대인관계는 점심으로 돌렸다.

한평생 부와 권력을 쫓아가는 사람이 눈에 들어오면 불쌍해보였다. 그들의 빈약한 정신은 죽을 때까지 남을 탓하며 불안에 시달릴 것이다. 더 이상 불안하지 않다. 어쩌면 나 자신을 알아차렸기 때문이리라. 자신을 안다는 건 축복이다. 자신의 소명을 안다는 말이므로. 들판에 핀 꽃이 저택 정원에 핀 꽃을 부러워하지 않는 것처럼.

내가 세상을 향해 불평불만을 하지 않게 된 시점이기도 하다. 산은 산이고 물은 물이라고 한 성철 스님의 말씀도 귀에 들어오고, 너 자신을 등불삼고(자명등) 법을 등불삼아(법명등), 무소의 뿔처럼 혼자서 가라는 말도 알 것 같다. '매달린 절벽에서 손을 떼'듯 탐욕과 집착을 놓았을 때의 평화를 안다. 쉽지 않다. 수행은 실패의 연속이다.

잉글랜드 수선집의 키 작은 부부는 나 혼자 오랜 세월 아파하며, 외로워하며 깨달은 이치를 그들은 이미 몸으로 체득하고 있는 듯 고요히 살아가고 있었다. 문득 그런 사람들을 대면할 때면 부끄럽고 부끄러워 먼지처럼 사라지고 싶다. 그들은 다음 생에는 더 나은 영혼으로 태어날 것이다.

—

소유냐 존재냐

『TO HAVE or TO BE』(『소유냐 혹은 존재냐』). 20세기를 대표하는 사상가 에리히 프롬Erich Fromm의 저서다. 젊은 날 엄청 폼잡으며 들고 다닌 책이었다. 생각해보면 이 오만한 책을 방패삼아 나의 오만을 키우고 있었는지 모른다. 나의 오만이란 무엇이었을까? 돌이켜보면 학창시절부터 또래 여자애들이 가지는 관심사에 전혀 흥미가 없었다. 그녀들은 돈 많은 남자나 직업이 좋은 남자, 다시 말해 부와 권력을 가진 남자와 결혼하는 게 최고의 화제였다. 이미 한 세기 전의 얘기 같다. 그런 남자에게 시집가려면 외모나 조건을 잘 포장해야 한다는 걸 그녀들은 알았다. 조금씩 속여가며 서로 정보를 주고받느라 무리지어 다니는 새떼들 같았다. 당연히 그녀들은 소유적 인간

유형이었다.

가장자리의 푸른곰팡이처럼 늘 저만큼서 그들을 바라보았다. 그들과는 다르다는 오만. 문득 철이 들면서 깨달은 느낌이었다. 그즈음『소유냐 혹은 존재냐』라는 책은 제목부터 나를 사로잡기에 충분했다. 당연히 난 '존재'적 양식을 쫓는 인간 유형이었다. '소유'적 양식을 쫓는 인간을 누추하게 여겼다. 그게 나의 오만이라면 오만일 것이다. 누군가와 말은 하고 지냈을 것이다. 그러나 말을 하고 싶으면 밤에 '비밀일기'를 썼다. 존재적 인간이 세상과 소통하는 방법이었다. 그 습관이 여태도 이어져 이제는 전 세계가 공유하는 SNS에 '공개일기'를 쓰고 있는 셈이다.

아무리 먹어도 퍽퍽하고 맛없는 빵처럼 에리히 프롬의 '소유냐 존재냐'는 내 속에서 섬유질이 소화되지 않은 채 명치에 걸려 있었다. 아무리 찾아도 그때의 그 책은 없다. 그렇다고 신국판을 사서 읽고 싶진 않다. 독서 취향이 점점 고약해져서 맛없고 섬유질이 센, 소화 못할 것 같은 책은 안 본다. 그 동안 소화도 못 시키는 질긴 책을 많이도 보았다.

당신의 존재가 희미할수록 당신은 그만큼 소유하게 되고, 당신의 삶은 그만큼 소외된다.

SNS에서 에리히 프롬의 이 문장을 본 날은 공교롭게도 낮에 고등학교 동창 A와 B를 만나고 들어온 날이었다. 잘 먹고 잘 놀다 왔는데, 속절없는 우울함이 내 정신의 한 귀퉁이를 물고 놓아주지 않았다. 새삼 이런 눅눅한 마음이 낯설었다.

— 우리 수준 좀 높은 얘기를 하자. 럭셔리하게.

A는 말끝마다 럭셔리하게를 외쳤다. A는 그림을 잘 그렸다. 아버지가 시장에서 큰 포목점을 해서 돈이 좀 있는 집의 딸이었다. 그러나 그녀는 아버지의 반대로 사랑하는 가난한 남자와 결혼하지 못했고, 선을 봐서 그녀 집보다 돈이 더 많은 섬유공장 집 아들과 결혼했다. 그림을 그리고 있을 때, 분명 그녀는 나와 친구였다. 그녀가 결혼을 하고 붓을 놓으면서 나와의 사이는 점점 멀어졌다. 바라보던 별이 예전에는 같았는데, 어느 순간 달라졌다. 바라보는 별이 달라졌다고 이미 친구인 친구를 절연할 수는 없다.

B는 자영업을 하는 친구였다. 경기가 점점 나빠져 가게를 운영하기가 너무 힘들다고 말하며, 가게를 넘기고 싶어도 하겠다는 사람이 없다며 한숨을 내쉬었다.

— 월세 받으면 되지 왜 가게를 팔려고 하니?

A가 말했다.

— 내가 월세를 내고 있는데 무슨 월세를 받아?

B가 물정 모르게 말하는 A를 흘낏 보며 말했다. 이 순간 돌부리에

—

걸린 듯 삐꺽한 건 B가 아니라 나였다. A가 그림을 그리던 시절, 돈만이 최고의 가치 기준으로 삼는 아버지와 불화하던 시절, 사랑하는 남자와 결혼할 수 없던 아픈 가슴이던 시절, A는, 타인에 대한 연민과 눈물과 자비와 사랑으로 가득한 친구였다.

세월이 많이 흐르긴 했다. 고등학교 때 친했던 친구는 일 년에 한두 번 보는 사이로 변했다. 아이들을 키우고 시어머니가 살아 있을 때까지도 A는 남의 배고픔과 슬픔과 고통과 아픔을 아는 친구였다. A는 변한 걸까. 원래 본성이 그런 친구였나.

— 이율이 높아질까봐 걱정이다.

이런저런 이야기 끝에 부동산 담보 대출 이야기가 나와 내가 한 말이다. 대출을 받아 집을 사서 결혼한 젊은 영끌족 얘기였다.

— 아들이 대출을 쓰고 있단 말이니?

A가 눈을 동그랗게 뜨고, 깜짝 놀란 듯이 내 말을 냉큼 받았다. 그녀는 자신을 합리화시키고 포장하느라 바빠 상대가 무슨 이야기를 하는지 듣지 않고, 엉뚱한 말을 했다.

— 남의 말이 귀에 안 들어오나보네. 수도권 아파트에 살면서 대출 없는 사람도 있나?

그렇게 말을 한 후부터였을 것이다. 잔잔한 호수에 돌멩이가 하나 떨어진 듯 마음에 파문이 일었다.

— 넌 이제 그림은 안 그리나봐?

—

B가 물었다.

— 그림 그리는 것도 다 돈 벌려고 하는 짓 아니니?

A의 답이다. 모든 예술가들을 돈으로 환산했다. 팩트 폭력이다. 그리고 보니 A의 오른팔에 중국 부호들처럼 굵은 금팔찌와 가는 금팔찌 두 개를 끼고 명품 반지도 손가락 두 개에 꼈고, 왼팔에는 롤렉스 두원 시계와 알 굵은 흑진주에 다이아몬드를 돌려 세팅한 반지를 끼고 있었다. 너 팔 잘리겠다 조심하라고 농담을 하자, 집에 있는 걸 어떡하니 하고 다녀야지, 하고 말했다. 밥은 A가 샀다. 잘 먹고 잘 놀다 집에 왔다.

그런데 이 남루한 마음은 뭐란 말인가.

A와 서서히 멀어진 이유를 복기해보았다. 아이들이 일찍 유학을 가버리고, 마음고생을 시키던 시어머니가 죽고 나자 그녀에겐 더 이상 아픔이 없는 듯했다. 아니 더 이상 자신의 슬픔과 아픔을 말하지 않았다. 자신에게 언제 그런 비루한 감정이 있었냐는 듯이 말하고 행동했다. 너무 있는 티를 냈다. 너무 상류층인 척 굴었다. '존재'적 인간인 줄 알았는데 A는 원래 '소유'적 인간이었나보다. 슬픔과 아픔을 공유하지 않으면 친구가 될 수 없다. 마치 영혼이 없는 AI와의 대화처럼 공허해진다.

젊은날 보았던 나의 별을 바라보며, 그리워하며 여기까지 왔다. 나의 별은 문학이라는 성지聖地였다. 그리움이란 희망의 다른 이름

—

일까. 문학에 대한 그리움으로 온몸이 파랗게 타오르곤 했다. 늘 얼음 위에서 자는 사람처럼 불편한 잠 속에서 님을 만나듯 문학을 만났다. 어느덧 세월은 흘렀고, 문득 노쇠한 한혈마가 초원을 그리워하듯, 밤새 파란 발광체처럼 글을 쓰던 때가 그립다. 희망을 품고 있는 사람들은 어느 시간 어느 공간에 있어도 몸 안에 환한 등불을 밝힌 듯 아름답게 빛난다.

A의 희망은 무엇일까. 더 많은 자본을 소유하는 것일까. 한때 그녀도 몸 안에 등불을 밝힌 듯 빛나던 시절이 있었다. 그녀는 자신의 별을 부富와 바꾸었다. 이제는 사랑하던 남자 때문에 아팠던 기억을 전생처럼 잊어버리고, 외형이나 조건만으로 충족되는 것을 사랑으로 여긴다. 사랑이란 사막의 물처럼 그 모습을 잘 드러내지 않는다. 그녀가 사랑이라고 여기는 것은 어쩜 물질적 풍요일지도 모른다. 그 풍요가 어느 날 사라진다면 어떨까. 그녀는 무엇으로 존재할까?

의식주를 해결하고 가족을 잘 건사하는 건 죄가 아니다, 그러나 소유에 모든 가치를 두는 인간 유형은 자신보다 더 많은 부와 권력이 있는 자 앞에서는 비굴해지고, 없는 자 앞에서는 교만해진다. 비굴과 교만 사이를 오고간다. 또한 소유한 것을 잃을까봐 돈벌레처럼 전전긍긍하며 산다.

젊은날 에리히 프롬을 만나면서, 아니 그 이전부터 나는 이 세상에 어떻게 존재하다 갈 것인가를 고민하며 살았다. 하여, 끝임없이 공부하고 글을 썼다. 이번 생은 글쟁이의 삶이구나 싶었다. 어느 날 문득, 외롭지도 않고, 부럽지도 않고, 평화롭고 자유로웠다. 이 마음을 다른 사람에게도 알게 하는 게 나의 몫인지도 모른다.

그런데 A를 만나고 온 날은 청정하지가 않았다. 마음이 남루한 게 아니라, A의 교만에 화가 났던 것이다. 아, 아직도 이따위에 화가 나다니. 한순간에 깨달음을 완성하는 돈오돈수頓悟頓修는 성철 스님에게나 해당되나보다. 돈오점수頓悟漸修, 문득 깨달았다 해도 끝임없이 수행해야 한다는 지눌 스님의 말씀에 더욱 공감한다.

부자친구를 만나면 줄 수 있는 게 없다. 다 가졌고, 다 가질 수 있는데 무엇을 준들 감사하겠는가. 그래서 그런 친구를 만나면 마음이 허해진다. 사랑이란 받는 게 아니라, 주는 것임을 이래서 안다.

제4장

콘야에서 울다

암행어사, 오징어 게임

〈오징어 게임〉(황동혁 감독, 2021)이 한국 최초로 전 세계 넷플릭스 드라마 1위에 올랐다는 기사가 났다. 그 기사에 딸려 실린 작은 사진은 추리닝을 입은 배우 '이정재'였다. 최애하는 배우는 바람결에 목소리만 들어도 안다.

— 오징어 게임 봤어?

아들에게 묻자, 벌써 다 봤다는 것이다. 엄마 취향에 안 맞을 수 있으나, 소설가니까 보라고 하곤 여친 만나러 나갔다.

처음 1화는 살짝 지루했다. 우리의 주인공 이정재가 너무나 찌질하게 나왔기 때문이다. 그러나 2화부터는 숨쉴 틈을 주지 않았다. 두 뇌를 너무 긴장시켜 나중에는 머리가 띵하니 아파왔다. 잠시 애견과 산책을 다녀와서 다시 봤다.

스토리는 간단하다. 스포일러 방지를 위해 짧게 정리하겠다. 456억 원의 상금이 걸린 미스터리한 서바이벌 게임에 인생 패배자 456명이 참가해 목숨을 걸고 도전하는 이야기다. 목숨값은 인당 1억. 한 명씩 죽을 때마다 돼지저금통에 돈이 억씩 쌓여간다. 게임은 총 여섯 가지다. 무궁화꽃이 피었습니다. 설탕뽑기(달고나). 줄다리기. 구슬치기. 징검다리 건너기. 오징어 게임. 모두 어릴 때 친구들과 해거름까지, 어머니가 밥 먹으러 오라고 소리칠 때까지 골목에서 놀던 놀이다. 그 모든 놀이에서 경쟁자를 물리치고 암행어사가 되는 자가 456억 원을 가지게 된다. 게임은 강요가 없다. 민주적이고 공평하다. 모든 선택은 참가자들이 결정한다. 누군가 이 게임은 공평하지 않다고 소리치지만, 그 말은 공허하게 허공으로 사라진다. 왜냐하면 모든 선택은 자신이 한 것이므로.

황동혁 감독의 영화는 〈남한산성〉 정도만 본 것 같다. 그 영화는 원작자(소설가 김훈)가 있었다. 책을 먼저 보고 영화를 봤는데도, 상당히 인상 깊었다. 보통은 원작을 먼저 읽고 영화를 보면 살짝 실망하기 쉽기 때문이다.

우리나라 영화에서 이처럼 잔인하고, 선정적이고, 폭력적이고 생생한 날것의 밑바닥 언어를 묘사하고 표현해낸 영화는 처음 보는 듯하다. 자기 색깔을 확실하게 각인시키고 코로나19로 세상을 떠난 '김

—

기덕' 감독과는 결이 다르다. 그러나 황동혁 감독도 우리를 불편하고 거북하게 만드는 점에선 김기덕과 같은 반이다. 삶의 진실 혹은 삶의 이면裏面 혹은 삶의 민낯을 바라보는 일은 언제나 몹시 불편하다. 그러나 가끔 이런 감독들에 의해 우리는 직면하게 된다.

이 영화는 〈저수지의 개들〉을 감독한 '쿠엔틴 타란티노'를 떠올리게 했고, 괴테의 소설『파우스트』를 떠올리게 했다. 잔인하고 폭력적이고 선정적이란 점에서 타란티노가 떠올랐고, 파우스트가 악마 메피스토펠레스에게 영혼을 팔아 온갖 추악한 짓을 다 하고도, 끝내 순결한 영혼을 가진 메르헨에 의해 구원된다는 결말처럼 이 영화도 선함을 잃지 않은 사람이 승리한다는 점에서 괴테의『파우스트』를 떠올리게 했다. 타란티노의 B급 영화는 그 영화를 보며 우리 스스로에게 질문을 넌신나는 찜에서 괴테의『파우스트』와 같다. 또한 황동혁 감독의 〈오징어 게임〉도 우리에게 철학적 질문을 던진다. 정신이 번쩍 들게, 귀싸대기를 세게 한 대 맞은 느낌이다. 어떻게 살 것인가. 우리의 영혼은 어디에 기대어야 하는가. 민주주의와 자본주의보다 더 나은 제도는 없는가.

황동혁 감독은 '한국적인 게임들을 서바이벌로 담은 작품을 만들면 재미있을 것 같았다'며, 이미 2008년에 이 드라마를 구상했다고 한다. 황동혁 감독이 어떤 의도로 이 드라마를 만들었는지는 중요하지 않다. 왜 이 드라마가 전 세계 넷플릭스에 1위로 등극했는지를 생

—

각해본다. 서바이벌 게임이란 단순하다. 내가 살아남기 위해 남을 죽이는 게임이다. 455명을 죽여야 456억 원의 상금을 받는다. 다시 말해 승리자는 패배자의 시체를 딛고서야 한다. 세상은 돈과 성과 폭력으로 돌아간다. 아니 더 정확하게 말하면 자본주의는 돈과 성과 폭력으로 돌아간다. 돈을 위해 누구든 죽일 수 있다. 자본의 증식은 욕망의 노예가 되는 지름길이다. 모두 그 자본을 쫓아가다 세상에서 벼랑 끝으로 몰린, '인간쓰레기'로 전락한 456명이 스스로 참가한다. 그들이 실종되어도 아무도 찾거나 납치되었을 것이라는 의심을 품지 않을 인간 말종들이다.

동심을 하나씩 하나씩 잃어가면서 그들은 죽음에 다가간다. 인간의 영혼이 악에 물들어 서서히 마비되어가는 과정이 리얼하게 나온다. 끝까지 동심을 잃지 않은 한 사람만이 승리자가 된다. 동심이란 무엇인가. 어떤 지옥에서도, 어떤 진흙구덩이에서도 악에 물들지 않는, 때 묻지 않은 마음이다. 약자를 불쌍히 여기고 끝까지 손을 내미는 마음, 인간을 긍휼히 여기는 마음. 바깥세상에서는 가진 것도 없으면서 오지랖만 넓어 남을 돕고 남에게 이용만 당하던 주인공은 456억 원이 들어 있는 카드를 소유하게 된다. 암행어사가 된 것이다. 자본주의사회에서 암행어사는 타인의 실패를 밟고, 무자비하게 자본을 손에 넣는 자가 과거에 급제(성공)를 할 수 있다는 면도날 같은 은유도 숨어 있다.

—

바닥으로 내려갈 때까지 간 인간 하류들과 서울대 경영학과를 수석으로 들어간 엘리트도 욕망의 노예가 되어 서바이벌 게임에 참여한다. 인간의 추악한 욕망은 어디가 끝일까. 이 영화는 인간이 보여줄 수 있는 최악을 다 보여준다. 그 추악한 욕망과 살아남기 위해 인간은 얼마나 저급해질 수 있는지도 보여준다. 게임에서 지면 핑크요원들이 머리에 총을 쏘아 곧바로 죽인다.

그 지옥 속에서도 휴먼과 우정은 싹튼다. 이렇게 폭력적인 영화를 보면서도 우리를 울게 하는, 오아시스 같은 장면들이 있다. 세상의 모든 어머니들이 가진 모성도 군데군데 깔아, 눈물을 훔치게도 한다. 그런 순간은 팽팽하게 감독과 두뇌싸움을 하던 뇌를 잠시 쉬게할 수 있다.

'깍누기'라는 말도 나오고 '깐부'라는 말도 나온다. 깍두기는 짝이안 맞을 때 약자를 보호하기 위해 붙인 이름이다. 그 깍두기는 죽지않고 살아 있기 때문에 언제든지 놀이에 다시 참가할 수 있게 하는어릴 적의 규칙 용어다. 깐부는 짝끼리는 영원히 한편이므로 서로배신하지 않고 가진 것을 모두 공유한다는 의미다. 그런 짝이 지금내 옆에 존재하는가를 돌아보게 한다.

여우처럼 영리한 황동혁 감독은 폭력적인 영화 어디쯤에 디테일한 인간의 휴먼과 우정과 모성의 스토리를 깔아야 관객들의 마음을훔칠 수 있는지를 안다. 시종일관 잔인하게 폭력만 난무하다 끝냈다면, 이 영화는 뒷골목의 B급 영화로 끝났을 것이다. 전 세계 넷플릭스 드라마 1위의 비밀은 여기에 있다.

남에게 말할 수 없는 말을 할 수 있었고, 그 동안 함께 있어줘서 고맙다는 말을 남기고, 탈북녀에게 일부러 게임에 져준 지영은 죽는다. 지영은 아버지를 죽이고 막 형刑을 살고 나온 어린여자다. 아, 인간은 어디까지 신神할 수 있는가. 부처님 시절 어느 수행자가 죽으면서 자신의 누더기옷을 부처님께 주는 얘기가 나온다. 지영의 선택은 인간이 마지막엔 자신의 목숨까지 남을 위해 선행을 베풀 수 있음을 보여준다. 이 대목에서 가장 많이 울었다. 그 어린여자의 외로움이 너무 느껴져서.

개인적으로 여섯 가지 놀이 중 구슬치기를 가장 잘했다. 여자였지만 온 동네 구슬은 다 내 것이었다. 내게 다 털린 남자애들은 씩씩거리며 집에 감추어두었던 보배 구슬을 가져와 열 개로 환전한 뒤 또 나와 붙었다. 물론 그 보배 구슬들도 다 내가 땄다. 그때는 그 구슬이 전부everything였지만, 지금은 아무것도 아닌nothing 것처럼 죽음 앞에서 돌아보면 456억 원이란 돈 또한 그 옛날의 구슬치기 할 때의 구슬에 불과하지 않을까.

돈이 너무 없어 삶이 시시한 사람과 돈이 너무 많아 삶이 시시한 사람들에게 강추 한다.

이 영화는 우리들의 목에 예리한 칼을 들이대며 질문한다. 넌 어떻게 살 것인가. 그런데 누가, 왜 이런 잔인한 게임을 주간하는가. 누가, 왜 인간을 장기판 말로 전락시켜 죽음의 잔치를 즐기는가. 암행어사는 시즌2에서 그 비밀을 밝혀내야 하리라.

화양연화

〈화양연화〉(왕가위 감독, 2000)는 "난처한 순간이다. 여자는 수줍게 고개를 숙인 채 남자에게 다가올 기회를 주지만, 남자는 다가설 용기가 없고, 여자는 뒤돌아선 후 떠난다"라는 자막으로 시작한다. 이 숨 막히게 아름다운 영화를 한 문장으로 요약한 거다.

화영연화花樣年華는 인생에서 가장 아름답고 행복한 시간을 말한다. 나비난의 하얀 꽃이 허공에서 툭툭 터지는 무료한 봄날의 끝 무렵, 리마스터링한 〈화양연화〉를 본다. 몇 번째 보는지는 모르겠다.

명작이란 이런 거라고 왕가위는 한 수 가르쳐준다. 20여 년이 지났건만, 이 영화는 어제 만든 영화라고 해도 될 만큼 사람의 마음을 울렁이게 하는 마력을 가지고 있다. 음악과 비주얼이 아방가르드하다. 첼로 음이 묵직하게 깔리는 〈유메지의 테마〉. 첼로음이 이렇게 관능적인 슬픔을 머금다니. 백만 번 들어도 먹먹한 선율.

일본의 영화 음악가 우메바야시 시게루가 스즈키 세이준 감독의 〈유메지〉(1991)를 위한 주제곡을 만들어준 게 〈유메지의 테마〉다. 유메지는 20세기 초 활동한 시인이자 화가 '유메지 타케히사'의 생애를 그린 영화다. 안타깝게도 이 영화는 보지 못했다. 왕가위는 〈2046〉(2004)과 〈일대종사〉(2013)에서도 우메바야시의 음악을 사용했다. 또한 재즈 보컬리스트 냇 킹 콜의 스페인어 노래도 반복해서 흐른다.

1962년 홍콩. 비좁은 아파트에 같은 날, 바로 옆집으로 이사 오게 된 수(장만옥)와 차우(양조위). 출퇴근 시간 가파르고 좁은 계단을 오르내리며 스치는 두 사람. 특히 남편이 일본으로 출장 간 수는 혼자 밥 먹기 싫어, 늘 국수를 사러 보온병을 들고 식당으로 오고간다. 그럴 때마다 차우와 마주친다. 깃이 높은 차이나카라에 몸에 딱 달라붙는, 화려하게 프린팅된 민소매 원피스(치파오)와 풍성한 올림머리. 고혹적인 뒤태. 슬로모션과 첼로 선율. 냇 킹 콜의 〈키싸스 키싸스 키싸스〉.

당신은 나를 사랑하고 있는 것일까?
나는 어떻게 하면 좋을까?

—

163

언제나 당신은 나에게 '어쩌면, 어쩌면' 하고 말하고 있지요.

나는 백만 번이나 물었지만,

다시 한 번 묻겠어요.

그래도 당신의 대답은 오로지 '어쩌면, 어쩌면'이라고 한 뿐이지요.

정말 사랑한다면.

'예스'라고 말해주세요.

왕가위의 천재성은 융합에 있다. 어떻게 〈유메지의 테마〉와 냇 킹 콜의 스페인어 판 〈키싸스 키싸스 키싸스〉를 주제곡으로 삼았을까.

차우 아내와 같은 가방을 든 수. 수 남편과 같은 넥타이를 한 차우. 각자의 배우자가 서로 외도를 하고 있음을 알게 된다. 스쳐지나가던 그들이 레스토랑에서 마주 앉는다. 어렴풋하게 알고 있던 비밀스런 고통이 백일하에 드러난다. 그리고 비로소 두 사람이 나란히 같은 방향을 보고 걷는다.

— 그들의 처음은 어떻게 시작되었을까요?

수가 질문한다.

— 두 사람의 시작이 궁금했는데, 모든 일이 자신도 모르게 시작되죠.

수에게 마음이 기울기 시작한 차우가 답한다.

둘은 물이 스펀지에 스며들듯 스며든다. 그게 뭔지 알지만 '그들' 과는 다르다고 생각한다. 조용히 식사하고, 산책하고, 신문사에 다니는 차우가 글을 쓰기 위해 빌린 호텔 방을 드나들지만 무협소설의 스토리를 토론할 뿐이다. 이웃 사람들의 눈총 때문에 같이 택시를 타고도 차우가 먼저 내리고 수는 아파트 앞까지 간다.

택시에서 손을 잡고, 이별 연습을 했을 때 차우의 어깨에 기대 운다. 그들의 접촉은 그뿐. 그들이 '그들'처럼 호텔에서 질펀하게 정사를 벌였다면 막장 불륜드라마에 '스와핑 포르노'로 전락했을 것이다. 어느 날 잠시 싱가포르에 다녀온다는 차우.

— 싱가포르 가는 배표가 한 장 더 있다면 같이 떠날래요?

차우는 이 말을 속으로만 되뇌인다. 어긋나는 사랑. 이별이 없다면 사랑이라고 할 수 없다. 차우가 싱가포르로 떠난 후 호텔 방에 간 수.

— 싱가포르 가는 배표가 한 장 더 있다면 절 데려가실래요?

혼자 생각하는 수. 호텔 방에 두었던 자신의 실내화를 가지고 옴으로서 이별을 암시한다. 돌아온 차우는 수의 실내화를 찾기 위해 온 호텔 방을 뒤진다. 물건이 없어졌다고 종업원에게 항의한다.

— 어떤 물건이 없어졌는데요?

종업원이 뚱하게 묻는다.

참담한 표정의 차우. 그의 인생에서 가장 아름답고 행복한 시간이 없어진 거다. 화양연화가 사라진 거다.

몇 년 후 아들 하나를 데리고 다시 그 아파트에 세 들어 사는 수. 어느 날 그 아파트에 인사차 온 차우. 그러나 마주치진 않는다. 우주

—

를 여행하는 두 행성처럼 비켜지나간다.

캄보디아의 오래된 사원, 앙코르와트가 보인다. 차우는 구멍 뚫린 사원의 기둥에 자신의 비밀을 말하고 흙으로 영원히 봉인한 후 떠난다. 멀리서 사미승이 저승에서 이승을 바라보듯 바라본다.

그 시절은 지나갔다. 그 시절이 가진 모든 것은 이제 사라지고 없다. 지나간 세월은 먼지 쌓인 유리창처럼 볼 수는 있지만, 만질 수 없기에 그는 여전히 지난 세월을 그리워한다. 만약 그가 먼지 쌓인 유리창을 깰 수 있다면 지나간 세월이 그때로 돌아갈지도 모른다.

도입부처럼 자막으로 끝이 난다.

왕가위 감독은 이 영화를 대본 없이 찍었다고 한다. 대본 없어도 가능했을 것 같다. 왕가위의 '화양연화'이기 때문이다. 화인처럼 가슴에 묻어둔 그의 순결하고 아픈 사랑. 진흙에서 연꽃이 피어나듯, 그 필연적인 사랑을 이처럼 아름답게 만들어, 모든 사람들의 공감을 얻어내는 보편성을 획득하고, 시간의 검증을 거치고도 끄떡없는 명작으로 남게 되었다. 또한 배우로서 장만옥과 양조위의 화양연화이기도 할 것 같다.

왕가위의 보석상자, 화양연화가 우리들의 화양연화를 호출한다. 저런 천재들 덕분에 인생은 지루하지 않다.

—

166

하우스 오브 구찌

영화 〈하우스 오브 구찌〉(2022)는 명품 브랜드 구찌가의 비가悲歌
다. 또한 인간의 욕망과 파멸에 관한 이야기다. 셰익스피어의 〈맥베
스〉가 생각났고, 영화 〈레이디 맥베스〉가 연상되었다. 인간의 욕망
은 어디쯤에서 멈추어야 할까. 어디쯤에서 멈출 수나 있는지.

실화를 바탕으로 한 영화다. 사라 게이 포든의 실화소설『더 하우
스 오브 구찌』를 그대로 각색한 거다. 브랜드 구찌를 썩 좋아하지 않
는다. 일본 사람들이 좋아하거나 나이든 여자들이 좋아하는 브랜드
라는 인식이 박혀 있기 때문이다. 특히 명품 브랜드 티가 나게 로고
가 드러나 있는 건 질색이다.

입춘이 지났건만 칼날 같은 날씨는 수그러들 기미가 없다. 그러나

햇살은 이미 거실 깊숙이 쳐들어왔고, 해는 길어졌다. 무료한 휴일, 유료채널의 스쳐지나가는 예고편에 그들이 나왔다. 제발 오래오래 살아 있기를 바라는 두 거장 배우. 제레미 아이언스와 알 파치노. 제레미 아이언스와 처음 만나건 〈미션〉이고, 알 파치노를 처음 만나건 〈대부1〉이다. 〈미션〉에서 가브리엘 신부로 분한 제레미 아이언스의 눈빛은 엔니오 모레꼬네의 그 음악과 함께 가슴에 박혀 있다. 알 파치노는 〈대부1〉에서 아버지의 정적을 죽이고 시칠리아 섬으로 피신했을 때 그곳 아가씨와 결혼을 한다. 그 결혼식 날, 하얀 드레스를 입은 신부와 춤을 출 때 햇살에 팔랑대든 그 금빛 머리카락은 지금 보아도 가슴이 뭉클하다. 그 아름다움은 비극을 담고 있기 때문일까.

"죽여서라도 갖고 싶은 이 이름 구찌는 부유함, 스타일, 권력을 의미하지만 동시에 저주를 뜻하기도 한다"는 내레이션으로 영화는 시작한다. 피렌체의 작은 가죽공방에서 40년 만에 세계적인 명품 브랜드가 된다.

평범한 트럭 운수업자의 딸 파트리치아(레이디 가가)는 어느 파티에서 마우리치오 구찌(아담 드라이버)를 만난다. 마우리치오가 자신의 이름을 밝히는 순간 파트리치아의 욕망은 머리를 뚫고 나온다. 거실에 걸린 클림트의 〈키스〉를 피카소 그림이라 말함으로써 그녀의 지적 수준은 들통난다. 지성은 훈련되어지는 거다. 누구든 태어나면서부터 이발소 그림과 샤갈을 구분할 수는 없다. 감각과 본능을 컨트롤할 수 있는 게 지성이다. 그녀는 감각과 본능이 발달한, 성性이 무기란 걸 아는 여자다. 위험하다. 그런 여자를 우리는 천박하다고 한다.

클림트와 피카소도 구별 못하는 파트리치아는 몸으로 마우리치오 구찌를 유혹해서 결혼을 한다. 마우리치오의 아버지로 나오는 사람이 제레미 아이언스다. 그는 단번에 파트리치아가 돈 때문에 아들에게 접근한 걸 알고, 그녀와 결혼하면 유산을 물려주지 않겠다고 한다. 병들고 늙고 까칠한 속물 노인으로 나와도 눈빛이 살아 있는 그가 나는 멋있다.

그러나 그녀의 욕망은 아무도 말릴 수 없다. 욕망은 끝없이 자라는 콩나무처럼 하늘을 찌른다. 온갖 수단과 편법을 동원해서 큰아버지와 사촌까지 그룹에서 잘라내며 구찌를 장악한다. 잠시 성욕에 눈이 멀었던 마우리치오가 정신을 차리고, 자신을 얼간이 취급하는 거만하고 천박한 파트리치아와 13년 만에 이혼을 한다.

— 난 당신과 결혼한 사람이야.

집착하는 파트리치아.

— 아니, 당신은 구찌와 결혼한 거지.

싸늘한 마우리치오는 이미 지적인 금발여인과 사랑에 빠져 있다. 파트리치아는 '죽어서라도 갖고 싶은 그 이름'을 위해, 1995년 청부 살인을 한다.

제레미 아이언스(로돌포 구찌)의 형으로 나오는 사람이 알 파치노(알도 구찌)고, 알 파치노의 아들이 자레드 레토(파올로 구찌)가 분한다. 구찌가의 모든 사람은 욕망덩어리들이다. 그들은 '욕망이라는 이름의 전차'에 동승하고 달리는 전차에서 서로 발로 차서 전차에서 떨어뜨려 죽이려 한다. 알 파치노의 천연덕스런 속물연기는 과연 탑이다.

레이디 가가의 천박한 몸매와 천박한 옷차림과 천박한 화장, 줄담배와 여러 번 나오는 목욕 신, 무식해보이는 이탈리아 억양이 들어간 말투까지 정말 압권이다. 몸 전체가 물질적 욕망에 허기진 아귀의 입 같다. 감각적 본능을 그녀처럼 잘 표현한 여배우가 또 있던가? 명품 구찌 옷이 그녀가 입으면 귀부인이 아니라 갑자기 창녀처럼 보인다. 리들리 스콧 감독은 어떻게 레이디 가가를 캐스팅했을까. 이 영화는 초호화 캐스팅만으로 반은 성공한 영화다.

얼핏 보면 한 여인이 구찌가를 파멸에 이르게 한 것 같다. 그러나 자세히 들여다보면 이미 구찌가의 저주는 잉태되어 있었다. 로돌포 구찌와 알도 구찌 형제는 서로 뜻이 맞지 않고, 각자의 아들들과도 불화한다. 그들은 이미 패밀리가 아니라 서로 뜯어먹고 뜯어먹히는 짐승의 세계로 추락해 있었다. 살해당한 마우리치오가 최대 피해자가 맞기는 하나, 그 또한 성욕에 눈이 멀어 욕망의 화신 파트리치아의 유혹에 넘어간 것 아닌가.

이혼 후 정신을 차리고 경영을 잘했으면 어쩜 구찌에 구찌 성을 가진 사람이 존재했을지도 모른다. 그러나 그는 방만한 사치로 구찌가 기우뚱하게 만든다. 그러다 피살당한다. 현재 구찌에 구찌 성을 가진 사람은 없다. 법인 체제로 돌아간다. 2년 후 체포된 파트리치아는 26년형을 선고받고, 18년을 복역하고 나왔다.

그들에게 무엇이 결핍되어 그런 파국을 맞이하게 되었을까. 그들은 거대한 부를 손에 쥐고 있어도 자신들이 왜 행복하지 않은지, 스스로에게 한번이라도 질문을 던졌더라면 어땠을까. 어느 국제세미나에서 역사학자 아널드 토인비는 20세기 가장 특징적인 사건을 불교가 서양으로 유입된 일이라 했다. 그들이 붓다의 지혜를 만났으면 어땠을까. 그들은 평생 탐욕과 갈애의 올무에 걸려 이전투구하다 죽을 것이다.

자본주의는 자본을 추구한다. 그러나 자본만 추구하는 세계는 욕망의 세계, 짐승의 세계, 약육강식의 세계, 악惡의 세계로 추락하기 쉽다. 자본이 수단이고 목적이기 때문이다. 이런 세계에 브레이크를 거는 일, 이런 세계에 한 방울의 맑은 물이라도 보태어 썩지 않게 하는 일은 종교와 예술일 것이다. 얼핏 아무짝에도 쓸모없어 보이는 종교와 예술이야말로 선善의 세계고, 인간의 세계고, 진정한 아름다움의 세계며, 삶을 충만하게 하는 세계로, 상처받은 영혼을 치유할 수 있게 하는 세계며, 삶의 괴로움으로부터 벗어나게 하는 성지聖地

다. 세상은 쓸모없는 것, 부질없는 것 위에 세워져 있다.

서양의 문화는 정신적 성장이나 내적 통찰이나 영혼의 완성이나 영혼의 성숙 따위는 모두 절대자인 신神에게 맡기고, 이 생生에서는 오로지 세속적인 성공에만 전부를 걸어도 되는 것처럼 보인다. 가족 중심이 아니라, 부부가 중심인 사회니 늙든 젊든 모두 섹시하게 보이는 게 최대의 목표가 된다. 죽을 때까지 성적으로 섹시하게 보이기 위해 노력하는 그들이 눈물겹다. 가슴도 커야 하고, 또한 처져서도 안 되고, 엉덩이도 빵빵해야 하고, 속눈썹도 붙이고 손톱에도 늘 페인트를 칠한다. 성형수술도 서슴지 않는다. 성욕이 사라지면 곧바로 죽음이라 여기는 사람들이 대부분이다.

그러나 20세기 이후 불교가 서양으로 유입되면서 사람들은 천국보다 더 많은 부와 물질을 소유하고도 왜 행복하지 않은지 눈치채기 시작한다. 아무리 많은 부를 가지고도 늘 아귀처럼 허기진 사람들, 그들은 명상센터를 찾기 시작했다. 스티브 잡스도 명상을 했고, 유발 하라리도 명상을 한다.

그럼 이 들끓는 욕망을 어떻게 조절해야 하나? 자신에게 질문을 던져야 한다. 난 왜 다 가졌는데 불안하고 불행할까. 이 질문을 시작하면 비로소 주위를 돌아본다. 문득 감사하는 마음이 들기 시작하면 된 거다. 탐욕과 집착을 내려놓으면 평화와 자유가 기다리고 있음을 알게 된다. 힘들고 아픈 사람이 눈에 들어온다. 연민이 생긴다. 악마의 마음에서 천사의 마음으로 변한 거다. 우리 안에는 신성한 신神과 부처가 공존한다.

가난하면 수행하기 좋고, 부자면 베풀 수 있어 좋다. 돈(자본)만 추구하면 파멸이 기다리고, 정신(이념)만 추구하면 가난이 기다린다. 어떻게 살아야 할까?

미나리

악착같이 기다려 집에서 유료TV로 영화 〈미나리〉(정이삭 감독. 2021)를 봤다. 개봉하고 50일쯤 기다리면 집에서 볼 수 있는 시대다. 오래간만에 해피엔딩 영화를 본 것 같다. 남의 일기장을 훔쳐보고 괜히 울컥해서 눈물 훔치는 소녀처럼 코를 풀어가며 봤다. 집에서 영화를 보는 이점이다. 마음껏 울 수 있다는 것.

희망을 찾아 미국으로 이민을 간 한 가족의 고군분투기다. 가족들에게 뭔가 해내는 걸 보여주고 싶은 아빠 제이콥(스티븐 연)은 시골 촌구석 아칸소에서 농장을 가꾸기 시작하고, 엄마 모니카(한예리)는 병아리감별사 일을 한다. 딸 앤과 심장병을 앓는 아들 데이빗을 돌보기 위해 한국에서 할머니(윤여정)가 날아온다. 고춧가루, 멸치, 한

약과 물이 있는 어디서나 잘 자라는 미나리씨를 가지고 온다. 우물이 말라 농장의 작물이 말라버리고 급기야 뇌졸중으로 쓰러졌던 할머니의 실수로 불이 난다. 위태위태하던 가족은 고난 앞에 다시 힘을 모으는 해피엔딩이다. 미국 드라마 〈초원의 집〉 원조 같다.

얼핏 스토리가 너무 밋밋해 한국에서 제작되었더라면 주목을 받지 못했을지도 모른다. 일단 첫 화면에 흐르는 음악이 단비처럼 가슴을 촉촉하게 만든다. 아카데미 시상식에서 여우조연상을 받은 윤여정의 연기, 저 정도야 윤여정의 평소 실력이다. 저들이 놀란 것은 '한국의 할머니'라는 정서에 숨을 멈춘 거다.

할머니는 한국전쟁 때 남편을 잃고 딸 하나를 키운 여인이다. 글자도 모르는 문맹이다. 오직 자식 하나 바라보고 살아온 여인이다. 시대 배경이 레이건(1981~1989) 내통령 시절이던 1980년대다. 그때 우리나라는 전두환(1980~1988)의 군부독재 시절이었다. 거의 40년 전 이야기다. 그 시절, 코리안은 일 년에 3만 명씩 아메리칸드림을 꿈꾸며 미국으로 이주했다. 민주화의 봄이 있기 전, 그들은 추방당하듯 유랑을 떠났다. 망명이라 해도 될 것이다. 그들은 '서로를 구원하기 위해' 낯선 땅으로 왔다.

2021년 현재 미국 이민자가 186만 명이나 된다. 2백만 명쯤 되는 우리나라 중소도시의 인구가 통째로 미국으로 이민을 간 셈이다. 그들은 미나리처럼 그곳에 뿌리를 내리기 위해 피땀을 흘렸다. 바로 그 이야기다. 정이삭 감독이 어린 시절 목도한 그 풍경.

눈물이 빵 터지기 시작한 건 엉뚱한 곳이었다. '십자가 아저씨' 폴 (윌 패튼)이 등장 하면서다. 폴은 제이콥이 주문한 트랙터를 배달하러 왔다. 폴은 한국전쟁에 참전했다고 한다. 그때의 한국 지폐를 간직하고 있다가 아들 데이빗에게 선물하며, 자신은 일을 잘한다고 말한다. 일꾼을 고용할 여력이 없던 제이콥은 어쩔 수 없이 그를 고용한다. 폴은 제이콥을 보는 순간 친구가 될 줄 알았다며 포옹한다. 고대 그리스 철학자들은 친구를 '도움이 되는 사람'으로 정의했다. 폴은 제이콥에게 도움이 되었다.

폴을 연기한 '윌 패튼'의 눈빛 때문이다. 겁먹은 듯한 선량한 눈빛. 상처받을까봐 수다스런 말로 미리 연막까지 친다. 일꾼으로 승낙하자, 할렐루야를 찬양하는 몸짓. 단박에 상처받은 외톨이 영혼임을 직감하게 된다. 기가 막힌 캐스팅에 기가 막힌 연기다.

주일에 모두 교회를 갈 때 그는 사람들 속에 섞이지 못하고 무거운 통나무 십자가를 짊어지고, 예수가 골고다 언덕을 오를 때처럼 끝도 보이지 않는 외길을 걷는다. 자기만의 믿음, 자기만의 십자가의 길.

폴 아저씨는 소설 『좀머씨 이야기』(파트리크 쥐스킨트)의 '좀머씨'를 떠올리게 한다. 2차 세계대전을 겪은 좀머씨는 빈 배낭을 메고, 이상한 호두나무 지팡이를 쥔 채 끊임없이 길을 걷고 걷는다. 좀머씨는 아무와도 어울리지 못하고 걷기만 한다. 걷고, 걷고, 걷다, 어느 날 호수로 걸어들어간다. 폴 아저씨는 십자가를 짊어지고 십자가의 길을 걷고, 걷고, 걷다, 그 십자가에 못박힐지도 모른다.

외로운 사람은 걷는다는 걸 나는 안다. 여고시절 학교에서 집까지 걸으면 두 시간쯤 걸렸다. 물론 걷다보니 지름길을 알게 되어 큰길을 피해 마을 골목길을 가로질러 다녔다. 적요한 골목길. 수국이 축축 늘어진 이층집에서 피아노 소리가 들려왔다. 늘 그 집 앞을 지나다녔다. 어느 날 그 집에서 심하게 다리를 저는 여고생이 나오는 걸 보았다. 피아노 소리는 들리지 않았다. 가끔 수국이 피는 계절이 되면, 외롭던 그 시절과 그 여고생이 떠오른다. 잘 살고 있는지.

폴은 한국전쟁 참전용사다. 역사의 거친 파도에 한번 휩쓸렸다, 마른 땅에 내동댕이쳐진 인물이다. 그는 회복 불가능한 상처를 받았을 것이다. 그러나 그는 그 모든 게 자신의 죄인 양 십자가를 짊어지고 속죄를 한다. 고행의 길 위에서 희미하게 안식의 기쁨을 찾는 폴. 그는 늘 '예수 그리스도의 이름으로 (마귀야) 물러가라'고 외친다, 살아야 했으므로. 반면, 제이콥은 무신론자다. 자기 자신의 의지를 믿는 사람이다. 그러나 농장 일을 하다 잠시 폴이 가리켜 올려다본 하늘. 구름 사이로 서광처럼 햇살이 비치는 걸 본다. 해서 교회를 한번 나가보기도 한다.

편견 없이 모든 걸 껴안는 할머니 혹은 할아버지에 대한 기억이 있는 사람은 축복받은 자들이다. 목마를 때 언제나 뛰어가 한 사발 떠먹을 수 있는 맑은 옹달샘을 간직하고 있으니.

일찍 돌아가신 할머니에 대한 기억은 없다. 할아버지는 우리 집안의 비상구였다. 권위적이고 고집쟁이인 아버지를 피해 밤에는 몰래 할아버지 방에서 잤다.

남동생과 나는 할아버지의 팔 하나씩을 차지하고 이야기를 해달라고 했다. 할아버지는 아라비안나이트처럼 매일 밤 끝도 없는 이야기를 해줬다. 이야기를 듣다 잠들었다. 정이삭 감독의 일기장을 훔쳐보다, 불현듯 나의 유년기를 소환하게 되다니. 잊고 있던 할아버지가 그립다. 내가 글쟁이가 된 것도 할아버지의 공덕 때문일지도 모른다. 술을 안 드시는 아버지에 비해 할아버지는 애주가였고, 로맨티스트였다. 할아버지는 내가 중학생 때 왔던 별로 돌아갔다.

그들(아카데미)은 '한국의 할머니'를 처음 봤나보다. 모든 걸 내어주고, 희생하며, 삶을 달관한 듯 긍정적인 모습. 서구 자본주의와 핵가족제도, 더 나아가 개인주의자들인 그들의 눈에 'K-할머니'의 모습은 감동 그 자체일 것이다.

자연에서 뛰어다닌 데이빗은 심장이 좋아진다. 처음엔 할머니 냄새가 난다고 싫어하던 데이빗은 어떤 상황에서도 자기의 편이 되어주는 할머니를 차츰 사랑하게 된다. 할머니가 실수로 불을 내고, 얼이 빠진 채 정처없이 어딘가로 걸어가자, 절대 뛰면 안 되는 데이빗은 태어나 처음으로 힘껏 달려 할머니에게 간다.

—

— 할머니 어디 가세요. 우리 집은 저쪽이에요. 같이 우리 집으로 가요.

그들이 가장 좋아하는 대사다. 가장 보수적이고, 가장 미국적인 마인드. 스위트홈. 가족이 자꾸 붕괴되어가니 가족주의를 강조해야 하리라. 아무튼, 너무나 폭력적이고 블록버스터한 영화에 길들여져 있는 우리의 가슴을 청정한 '미나리깡(밭)'에서 한번 씻어낸 영화다. 이 영화 이후, 미나리는 미국이민자를 상징하는 풀이 될 것이다.

미나리 미나리
우리나라 풀
미국 땅 어디든
우리 미나리

내가 동요 〈무궁화〉(우리나라 꽃)라는 노래에 개사한 미나리(이민가) 노래다. 이 영화는 미국에 사는 186만 재미교포와 뿌리내리고 싶어하는 지구상의 모든 유랑민들에게 바치는 연가戀歌다.

콘야에서 울다

코로나19로 2년 반 동안 막혀 있던 하늘길이 열리기 무섭게, 겁도 없이 튀르키예(터키) 여행을 떠났다. 튀르키예는 유럽의 동남쪽과 아시아의 서남쪽에 있어 동서양 문화가 혼재된 나라다. 북쪽으로 흑해가 있고 남쪽으로 지중해가 있다. 영토는 대한민국의 3.5배 정도이며 인구는 8,300만 명쯤 된다. 1인당 국민 총생산액은 한국은 3만 달러가 넘고 튀르키예는 8,500달러쯤 된다. IMF에 따르면 대한민국은 선진국이고 튀르키예는 신흥공업국으로 분류된다. 인구의 99%가 이슬람교도들이다.

아랍에미리트의 아부다비공항을 거쳐 두바이의 사막에서 달을 보고 이스탄불로 갔다. 당연히 패키지투어다. 여행 일정표에 나온 '사막'이란 단어와 '지중해'라는 단어 때문에 낚였다고 할 수 있다.

오래 전 영화 〈아라비아의 로렌스〉(1998, 데이빗 린 감독)에서 영국 정보장교 로렌스 역을 맡은 피터 오툴(1차 세계대전 중 중동지역의 전투에서 아랍 부족의 지원을 받기 위해 그는 아랍 지역으로 파견된다)에게 누군가 물었다. 당신은 왜 이렇게 사막을 좋아하느냐고. 그러자 피터 오툴이 '잇즈 클린It's clean!'이라고 답한다. 그 짧은 대사는 내게 늘 사막을 그리워하는 마중물이 되었다. 생각해보면 태어나서 산과 바다는 보았는데, 사막을 본 적이 없었다. 사막은 얼마나 깨끗할까.

지중해를 그리워한 것 또한 오래 전 보았던 〈태양은 가득히〉와 리메이크된 〈리플리〉라는 영화 때문이다. 하늘색과 바다색이 같은 지중해. 그런 공간에서 인간의 욕망은 어디까지 확장될까, 하는 쓸데없는 생각들이 본 적도 없는 지중해를 그리워했다. 둘 다 보고 왔으니 버킷리스트 두 개는 해결한 셈이다.

잇즈 클린! 정말 사막은 깨끗했다. 내가 생각했던 모래와는 완전히 다른 모래가 끝도 없이 펼쳐진 게 사막이었다. 실크 같았다. 맨발에 신은 로퍼 안으로 사정없이 들어온 모래의 감촉은 실크 그 자체였다. 일행과 열 발짝만 떨어져도 적요가 가득 귀를 채웠다. 사막의 달이 그리 밝다니. 사막의 달은 세상에서 가장 높고 밝고 우아한 외등이다. 이스탄불로 가는 비행기에서 물티슈로 발과 로퍼 안을 닦았는데, 깜짝 놀랐다. 물티슈가 깨끗했다. 물론 피터 오툴이 이런 깨끗함을 두고 한 말은 아닐 것이다.

4일차 때, 기암괴석의 카파도키아에서 남쪽 지중해 해변도시 안탈리아로 출발했다. 그 사이에 콘야Konya 평야가 있고 토로스 산맥이 있었다. 콘야는 '양의 가슴'이란 뜻이다. 이스탄불에서 시리아, 이라크에 이르는 대상들이 거쳐가는 오래된 도시였다. 기원전 1만 년 전에는 내해內海였는데 1만 년이 지나 물이 마른 후 기름진 평원이 되었다. 근처에 소금호수가 있는 것으로 보아 그랬을 것 같다. 가도 가도 밀밭이었다.

평야 중간에 문득 문득 흰 천막촌들이 있었다. 시리아 난민들이 수십 년째 저렇게 산다고 했다. 실크로드 대상들이 묵었다는 숙소인 카라반 사라이 '술탄 한'과 지진으로 생겨난 호수 '오브룩 한'을 둘러보았다. 그 숙소 앞에는 노숙자처럼 바닥에 주저앉아 그저 굴러다니는 돌멩이 같은 돌조각 하나하나에 번호를 붙이고 있는 남자가 있었다. 그 땡볕에서 태연하게. 누군가 묻자, 자신은 독일의 고고학자라고 했다. 저런 이들이 역사를 기록하는구나 싶었다.

버스로 돌아왔을 때, 버스 앞에는 젓가락처럼 마른 남자아이 세 명이 손을 내밀고 서 있었다. 시리아 난민촌 아이들이었다. 12살, 10살, 8살쯤 되었을까. 어둡고 불안하고 두려움이 가득한 검은 눈빛의 아이들. 난민촌에서 나고 자랐을 아이들. 가이드가 돈을 주지 말라고 했다. 버릇 들이면 다른 관광객들에게도 계속 손을 벌린다고.

그냥 버스에 올랐다가 나는 도로 내려서 주머니에 있는 잔돈을 키가 제일 큰 아이에게 주었다. 10유로짜리와 5유로짜리였다. 22명의 관광객은 아무도 그 아이들에게 돈을 주지 않았다. 버스가 시동을 걸어 출발하자 세 아이들은 그나마 내가 준 돈을 얻었다는 기쁨에 날아갈듯 행복한 몸짓으로 돌아서서 평야 쪽으로 뛰기 시작했다. 그 뒷모습을 보는 순간 속절없이 눈물이 났다. 눈물은 한참 그치지 않았다.

나는 음료수나 사먹을 요량으로 10달러짜리 한 장과 5달러짜리 한 장과 1달러짜리 5장과 10유로와 5유로를 주머니에 넣고 있었다. 그런데 나는 내 주머니의 돈을 몽땅 주지 못했다. 그 젓가락처럼 마른 아이들의 벌린 손을 보면서도 달러는 빼고 유로만 준 것이다. 주머니를 다 털어줘도 얼마 되지도 않는 돈인데 말이다. 아, 보시의 길은 멀고도 험하구나.

몇 년 전 튀르키예 바닷가에 얼굴을 묻고 죽은 시리아 난민 꼬마(3살, 아일란 쿠르디)가 생각났다. 파란 반바지에 빨간 반팔 티셔츠를 입은 꼬마가 버려진 인형처럼 바닷가에 얼굴을 묻고 죽어 있는 사진은 충격적이었다.

도대체 언제 적부터 시리아 내전이란 말을 들었는가. 1971년부터 현재까지 이어지는 대통령 세습독재집권이 내전의 근본적인 원인이다. 그 시작은 2011년 민주화를 요구하는 10대 학생들의 낙서에서 비롯되었다. 정부는 그들을 체포해 고문했다. 학생들의 석방을 요구하는 시위대를 무력진압하며 많은 사상자가 발생했다. 이를 계기로 시리아 전체 인구의 4분의 3을 차지하는 수니파 반군과 시아파계 정부군이 대립하며 내전은 확대되었다. 여기에 아랍권의 수니파와 시아파게 국가들이 반군과 정부군을 각각 지원하며 내전은 더욱 복잡해졌다.

부처와 노자와 공자가 온 지 2,500년이 넘었고, 예수가 온 지도 2,000년이 지났건만, 인간은 아직도 사랑하지 못하고 싸우고 있다. 모든 전쟁은 영토와 종교 때문이다. 오히려 영토전쟁만 있었다면 해결이 쉬울 수도 있을 것이다. 같은 신神에서 갈라진, 기독교와 유대교와 이슬람교의 종교전쟁은 끝이 보이지 않는다. 영토전쟁이든 종교전쟁이든 모두 위정자들의 권력다툼이다. 이런 다툼이 벌어지면 가장 힘든 건 국민이다. 국가의 본분이란 무엇인가? 국가의 본분은 국민을 보호하는 것이다. 국가가 국민을 보호하지 못한다면 존재 이유가 없다. 국민이 모두 죽어야 전쟁을 멈출 것인가. 튀르키예는 시리아 난민을 150만 명이나 받아주었고, 한국전쟁이 났을 때는 파병도 했었다.

지중해를 보고 석회층으로 이뤄진 온천지대 파묵칼레와 로마 유적지인 에페소를 관광하고 이스탄불로 돌아왔다. 1,500만 명이 사는 이스탄불. 카메라만 대면 그림엽서가 되는 풍경과 야경. 14대 술탄 아흐메트 1세가 지은 '술탄 아흐메트 모스크'는 푸른 빛이 나는 도자기 타일 때문에 사람들이 블루모스크라 부른다.

그 옆의 아야 소피아. 성당이었다가 모스크였다가 다시 박물관으로 변한, '성스러운 지혜'라는 뜻의 아야 소피아. 6세기에 유스티니아누스 황제에 의해 그리스도교 대성당으로 건설되었으나, 이후 이슬람교 예배당으로 사용하다가 지금은 다시 박물관으로 이용되고 있었다. 기독교와 이슬람교가 공존하는 공간이다. 아름다운 건축물도 아름다운 여인처럼 기구한 역사의 파도를 타게 되는구나 싶었다.

마지막 날 밤 갈라타교 아래 카페에 앉아 고등어 케밥과 차이를 시켜놓고 야경을 바라보았다. 어느 영화의 스크린 속으로 쓰윽 들어와 앉은 듯하다. 눈길 가는 곳마다 어쩜 이리도 아름다운가. 이런 풍경들을 보고 있으면 괜히 눈물이 난다. 지중해의 흔들리는 배 위에서도 그랬다. 지중해의 바람이 내 뺨의 솜털을 어루만질 때 말이다. 세상은 이토록 아름다운데 나는 왜 자꾸 은둔자의 삶을 살려고 노력하는지. 상처받은 자의 습쩔인가.

오스만제국(1299~1922)은 600여 년의 전성기를 누렸다. 1453년 알라의 이름으로 천 년의 역사를 지닌 기독교 비잔티움제국의 수도 콘스탄티노폴리스(이스탄불)을 접수한다. 이후 이스탄불은 비잔틴 문화와 이슬람문화가 융합되어 세계 어디에서도 볼 수 없는 멀티한 건축물을 남겼다. 그 교류와 융합의 흔적은 투르크인 얼굴에도 그대로 남아 있다. 그들은 남녀 할 것 없이 모두 할리우드 배우들처럼 잘 생겼다. 니콜라스 케이지처럼 생긴 남자가 산악 지프를 운전하며 묘기를 부리고, 1달러 팁을 감사하게 여겼다. 그들은 선조들이 물려준 엄청난 자원인 건축물과 유적과 폐허를 팔며 살았다. 1923년 오스만 제국이 무너지고 뒤르키예공화국이 건립되었다. 공화국이란 주권이 국민에게 있는 나라를 말한다. 대한민국은 1948년이다. 어느 날 훌륭한 지도자가 나타나면, 튀르키예는 또 다시 제국을 꿈꿀지도 모른다는 생각이 들었다.

제국을 한번도 꿈꿔본 적도 없는, 비행기나 배를 타지 않으면 외국으로 나가지도 못하는, 분단된 동방의 작은 섬나라 같은 대한민국에서 날아온, 늙지도 젊지도 않은 여인은 주제넘게 조국 걱정은 하지 않고, 남의 나라를 걱정하고 앉아 있었다. 고등어 케밥은 손도 대지 않고 차이만 홀짝이며.

마음을 보다

관심觀心, 마음을 바라보는 걸 말한다. 최근, 마음이 아프면 몸이
아프다는 말을 절감했다. 여러 일이 중첩되면서 급기야 응급실에 가
서 피검사를 하고 링거를 맞고 정신이 돌아온 일이 있었다. 극심한
스트레스가 고통으로 작용해 마음이 아프더니 정신을 차릴 수 없을
만큼 온 몸의 통증으로 나타났다.

　내게 노인들의 성性에 대해 생각하게 한 건 어느 인품이 훌륭하다
고 생각한 분(82세)이 후배에게 추잡스럽게 군 일로부터 시작한다.
그 일은 나로하여금 졸고 「미네르바의 부엉이」라는 칼럼을 쓰게 했
다. 황혼녘에 날아오르는 부엉이처럼 나이가 들수록 지혜롭고 성숙
한 영혼을 가지도록 노력해야 한다는 내용이다. 아무런 마음공부를

—

하지 않고 오로지 감각과 본능에만 충실한다면 천박한 노인으로 전락하고 만다. 성생활을 안 해서 죽은 노인은 없다.

마음공부란 별거 없다. 우리는 어디서 와서 어디로 가는가에 대한 답을 찾기 위해 공부하는 일이다. 종교가 가장 쉬울 수 있고, 고전이나 성현들의 말씀을 찾아 읽거나, 영원히 살 것처럼 배우는 일이다. 배움이란 지루한 삶을 견딜 수 있게 하고, 지성을 연마하는 일이다. 어떻게 자신의 존엄을 끝까지 유지하며, 우아하고 품위 있게 살다가 이 별을 떠나느냐를 생각하고, 또한 실천하려 노력하는 일이다. 정치인이나 유명 인사들이 본능인 성性문제로 폐족지경이 되는 경우를 우리는 종종 목도한다. 다 지성의 힘이 허약한 결과다.

행복 호르몬인 세로토닌과 도파민은 무엇인가를 사랑할 때, 우리 몸에서 생성되어 우리를 평온하고 행복하게 한다. 특히 도파민은 무엇엔가 몰입할 때 생성되어 에너지와 삶의 의욕을 불어넣어준다. 그런데 이 도파민이 과하게 생성되면 쾌락을 느끼게 되어, 종례에는 중독으로 가기 쉽다. 여자는 쇼핑중독이 되기 쉬운 반면, 많은 남자들은 이 도파민이 과한 상태를 추구하는 것 같다. 가장 손쉬운 방법으로 남의 여자를 탐내보는 것이다.

그런 이야기는 멀리 있지 않았다. 매일 통화하는 어머니의 말 속에 아버지(86세)가 바람이 난 것이다. 어머니(86세)에 비해 너무나 건강한 아버지는 게이트볼을 치러 다니는데 그곳에서 만난 여자라는 것이다. 처음에는 농담인 줄 알았다. 그러나 점점 어머니의 고통은 깊어갔고, 그 고통은 고스란히 내게로 이입되었다. 평생 그렇게 고생시켰으면 나이 들어 오손도손 아껴가며 살면 얼마나 좋겠는가. 한쪽 귀가 살짝 어둡고 인공관절수술을 한 어머니는 혼자 외롭게 버려지듯 집안에서 묵주를 쥐고 하루 종일 기도만 했다.

20여 년 가까이 남들의 온갖 고통스런 일들을 상담해주는 딸은 어머니의 고통 앞에 속수무책이었다. 점점 아버지에 대한 화를 참기가 힘들어졌다. 권위적인 아버지와는 평생 다정하게 대화를 해본 적이 없다. 이런 순간 서툰 말을 했다가는 어머니가 더 힘들어질 것이 뻔했다. 왜 남자들은 평생을 동고동락한 아내를 헛산 듯한 허망함에 빠뜨리는지. 아내들의 외롭고 고통스러움에 대해 한번이라도 생각해본 적이 있는지.

불륜은 숭고한 삶에 대한 허영이고 오만이며 최악의 사치다. 누구는 그 허영과 사치를 부리고 싶지 않아 이렇게 사는 줄 아나? 누구는 본능대로 함부로 막 살 줄 몰라 바르게 사는 줄 아나? 스스로 조금 외로움을 견디면 적어도 남에게 고통을 주지는 않는다. 허영과 오만과 사치는 반드시 대가가 따르는 법이다.

로맨티스트와 바람둥이는 차원이 다르다. 로맨티스트들은 친절한 사람들이다. 그들은 인류를 사랑할 준비가 되어 있는 사람들이다. 바람둥이들은 썩은 고기를 찾아다니는 하이에나 떼처럼 오직 성욕

—

189

을 채울 상대만을 찾아다닌다. 어느 순간 염치가 없고 뻔뻔해진다. 그런 걸 후안무치厚顔無恥라 한다. 낯가죽이 두꺼워 부끄러움을 모른다는 뜻이다. 부끄러움을 잃어버리면 인간임을 포기하는 것이다.

그런 와중에 소설가 A선생에게서 전화가 왔다. 연이 끊어진 지 20년도 넘은 분이다. 그 전날 동인同人 B에게서 전화가 와서 A선생에게 안부 전화를 한번 하라는 것이다. 이미 전화번호도 모르는 상태여서 우연히 어느 자리에서 만나게 되면 몰라도 제가 전화를 하고 싶지는 않다고 했다. 그리고 이렇게 덧붙였다.

— 평생 그렇게 양아치처럼 사셨으면 늙어서 고독한 대가를 치르며 사셔야지요.

분명 이렇게 말했음에도 불구하고 동인 B가 A선생에게 내 전화번호를 알려주었던 것이다.

한때 '문단제비'라는 말이 유행했다. 요즘도 풍문에 누가 누가 문단제비처럼 살고 있다는 소릴 듣고는 한다. 왜 남의 등을 치고 사는 사람을 '제비'라고 하는지는 모르겠다. 참 사람 사는 방법도 여러 가지다. '제비' 짓을 하면서 글은 어떻게 쓰나? 시나 수필이나 소설가로 등단하고 싶은 아줌마들의 작품을 손봐주는 척하며 돈도 뺏고, 몸도 뺏고, 순정도 뺏고, 사랑도 뺏는 짓을 하는 자들을 '문단제비'라고 말한다. 문단제비라는 말도 아깝다. 그런 족속들은 양아치들이다.

펜을 든 자는 감히 천하를 이롭게 할 혜안을 얻기 위해 끝없는 구도의 계단을 올라가야 한다. 어느 층계참에서 주저앉아 제비짓을 하기 시작했는지 모르겠지만, 적어도 작가라면 늙으면 늙은 줄 알고 가을이면 가을인 줄 알아야 한다.

젊은 날 A선생을 존경했으나, 어느 날 주변 사람들에게 한 제비짓을 알고부터 그분과의 인연을 끊었다. 그런 A선생(82세)의 전화는 당황스러웠다. 축축한 목소리로 가락동 오피스텔 쪽으로 가서 전화를 하겠다는 것이다.

— 개별적으로 만나고 싶지 않습니다.

물론 처음에는 상냥하게 거절했다. 동인들 만날 때 의견을 물어보고 초대를 한번 하겠다고. 그렇게 상냥하게 말할 때 물러났어야 했다. 그러나 조금 길게 갔다. 기어이 단호하게 말하게 했다. 늙은 양아치의 뻔한 수법에 넘어갈 나이는 이미 내가 너무 지났다.

전화를 끊고 나니 그때부터 화가 머리끝까지 치밀어올랐다. 이 불같은 성질. 싫어하는 아버지 성질을 꼭 빼닮은 딸. 애견과 산책을 나갔지만 화가 가라앉지 않았다. 결국 내 전화번호를 A선생에게 알려준 동인 B에게 전화를 했다.

— 왜 A선생에게 전화번호를 알려주셨어요? B쌤 나이가 몇 살이에요?

B여인(74세)도 나이가 들었음에도 아직 꼬리가 퇴화되지 않은 부류였다. 그러려니 하고 지냈는데, 차암나. 뚜쟁이 짓까지 할 줄이야.

자신이 뭔 짓을 한지도 모르는 척하는 여인이다.

아무튼, 이래저래 노인들 때문에 화가 폭발하여 다음날 응급실에 실려갔다. 며칠 후 남동생과의 통화에서 어머니가 조금 과잉반응으로 아버지를 의심했다는 말을 들었다. 지금은 아버지와 다시 사이좋게 산책을 하고 맛있는 걸 해 드시며 재미있게 지낸다고 했다.

창밖에 바람이 조금 거칠게 일렁인다. 시원하다. 가을이다. 난 왜 이렇게 온 몸의 통증을 견딜 수 없어 응급실로 실려갔다 왔는가. 한 번도 경험해보지 않는 고통을 어머니를 통해 겪었다. 가장 소중한 나의 신전(어머니)이 공격을 받은 듯 아팠다. 몸이 아프니 비로소 생각이 멈추었다.

불교에 정통한 어느 정신과 의사의 강의를 듣는다. 몸과 마음의 고통은 '바라보면' 사라진다고 했다. 그 말에 반만 공감한다. 20여 년 어깨통증으로 별별 짓을 다 했다. 그 중 가장 내게 효과가 있는 물리치료가 '체외충격파'였다. 체외충격파는 염증 부위에 엄청난 충격을 가해 혈관의 재형성을 촉진해서 통증을 감소하는 치료 방법이다. 아픈 어깨에 망치질을 하는 고통이 따른다. 그런데 나는 어떤 고통이든 몸의 통증은 바라볼 수가 있다. 눈을 감고 어깨에 가해지는 통증을 바라보고 있으면 신기하게 아프지 않다. 치과 치료도 잘 견딘다. 그런데 마음을 바라보기란 쉽지 않다. 화가 날 때 그 화난 마음을 바라보면 사라진다고 하는데, 그것까지 되면 공중부양도 가능하리라.

—

192

생의 향연

태풍 힌남노(2022년 9월)는 라오스 '국립보호구역'이라는 뜻이다. 최대 피해를 낸 사라(1959년 9월)와 최내풍속을 지닌 매미(2003년 9월)에 이어 역대급 태풍으로 남을 전망이란다. 그 역대급 태풍 힌남노의 비바람을 뚫고 한남동의 어느 방까지 왔다. 때마침 같은 동네에 사는 친구가 어디에 있냐고 묻길래, 호텔에 있다고 했다.

호텔의 어원은 라틴어의 호스피탈레Hospitale에서 찾을 수 있다. 이 호스피탈레에서 현재의 호텔, 하스피탈, 호스탈이라는 단어가 생겨났다. 하스피탈은 현대에 병원으로 사용되지만 옛날에는 여행객의 숙소와 휴식 공간이었다. 여행객을 위험으로부터 보호해주고 피곤함을 풀어주는 일은, 결국 병자나 고아를 수용하는 자선시설의 의미

—

가 되어 오늘날의 하스피탈, 병원으로 발전되었다.

　나는 힌남노가 서울을 덮친 날, 한남동의 하스피탈 5층에 입원해 있다. 그러니 그 친구에게 거짓말을 한 것은 아니다. 비덕에 바깥 풍경은 유럽 같다. 높이 솟은 뾰족 십자가 건물이 한몫한다. 멀리 그랜드 하이야트 호텔이 보인다. 젊은 날 라운지에 있는 피아노 연주를 듣고, 한강을 바라보며 커피 마시길 좋아했던 호텔이다. 문득 돌아보니, 30여 년이 흘러와 있다. 이제는 호텔이 아닌 하스피탈에 앉아 자동판매기에서 뽑은 원두커피를 마신다.

　히트작도 없이 몸만 망쳤다고 투덜대던 글쟁이 선배의 말이 생각난다. 나라에서 하라는 정기검진을 받았는데, 오른쪽 가슴에 수상한 게 보인다고 조직검사를 하란다. 조직검사 결과 암癌, cancer이다. 그래서 정밀검사를 받기 위해 힌남노를 뚫고 입원한 것이다. 암이라는 한자를 보면 입 구口 자 세 개가 있다. 많이 먹으면 걸릴 수 있는 병이다. 그 동안 참 많이 먹기는 했다.

　예순이 넘으면서 술은 마시지 않는다. 저절로 그렇게 되었다. 주위 사람들도 절친 몇몇을 남기고 모두 가지치기를 했다. 술을 마시지 않으니 저녁 약속이 없다. 인간관계를 정리하고 나니 오로지 나만을 위한 시간이 남아 있다. 상담하고 밥 먹고 자고 산책하는 시간 이외는 온통 내 지적 성장을 위한 공부만 했다. 그 결과 산문집『석복수행 중입니다』와『콤플렉스 사용설명서』두 권을 출간할 수 있었다. 청탁받아 썼던 산문이 세 번째 초옥을 기다리고 있다.

'어쩌면 우리는 허무를 아는 일에 일생을 바치는지 모른다. 그 허무를 아는 과정이 고난의 연속이었고, 마침내 그 허무와 맞닥뜨렸을 때는, 욕망을 들어내는 마지막 힘든 여정이 남아 있다. 깨달은 자란 이미 허무를 아는, 순환되는 우주의 원리를 아는, 죽음이 또 다른 시작임을 아는, 하여, 죽음을 기꺼이 받아들이는 존재가 아닐까.'

2년 전 어느 칼럼에 이렇게 쓴 적이 있다. 누군가 나를 실험하는 느낌이다. 너는 깨달은 자인가. 죽음을 기꺼이 받아들일 수 있는가, 라고 묻고 있는 듯하다.

내가 죽으면 세 번째 산문집은 유작이 될 것이다. 공교롭게도 작가의 말은 이미 지난 봄에 써두었다. 마치 유시처럼.

간신히, 외롭지도 않다.
간신히, 부럽지도 않다.
간신히, 평화롭고 자유롭다.

혁명가처럼 유토피아Utotia를 꿈꾸었고, 피안彼岸을 꿈꾸었다. 오래도록 아파했고, 오래도록 사색했다. 그러다 문득 유토피아와 피안은 '저기' 있는 것이 아니라, 바로 '여기' 내 안에 있음을 알았다. 수행의

—

195

첫걸음이다. 글쓰기는 농부의 쟁기처럼 수행을 위한 나의 쟁기구나 싶었다. 수행은 욕망과 집착과의 투쟁이다. 물이 범람하는 강가에서 모래탑을 쌓는 일 같다. 언제나 실패하고 실패한다.

불환不還. 욕망이 존재하는 세계에 돌아오지 않는다는 뜻이다. 다시는 돌아오고 싶지 않다. 3초마다 번뇌에 먹살잡히는 마음을 끄고, 적멸의 강에 이르러야 가능하리라. 눈먼 거북이가 백 년에 한번 물 위로 올라와 떠다니는 판자에 머리가 끼일 확률보다 인간으로 태어나기가 더 어렵다는데. 이 귀하고 귀한 생生을 탕진하고 있다니. 아, 난 얼마나 더 억겁의 생을 태어나고 태어나서, 이 카르마Karma 다 같은 공덕으로 그 강에 닿을까.

그 강에 이르는 계단에 한 발을 올려놓은 자는 아주 느리지만, 현장법사가 온갖 요괴를 물리치고 구법求法을 향해 서쪽으로 나아갔듯, 포기하지 않고 끝까지 올라가게 될 것이다. 하여, 마침내 평화롭고 자유롭기를 꿈꾼다. 또한 이 생의 마지막 날엔 내 육신이 눈발처럼 날려 우주 속으로 사라지길 꿈꾼다.

—2023년 산문집 『굿모닝, 카르마』「작가의 말」전문

앞으로 내게 이 별에서의 남은 시간은 얼마나 될까. 어느 순간 2년 후면 노인의 반열에 끼인다. 나는 노년의 삶을 설계한 적이 없다. 친구들과 수다떨고, 맛있는 거 먹고, 쇼핑하고, 여행이나 다니면서 노

후를 건강하고 행복하게 보내겠다는 플랜이 없다. 평생 그런 짓들이 재미가 없었다.

오히려 요즘 더 공부를 열심히 한다. 유튜브라는 스승이 생겼다. 철학 강의 들으면서 세상이 보이기 시작했다. 그 동안 뭐한다고 이렇게 좋은 공부를 안 했는지. 철학, 불교철학, 초기불교, 심리학, 종교심리학, 노자, 장자, 사마천의 『사기열전』, 인문학 특강. 세상의 모든 구루Guru들의 보고다. 각 분야의 일타강사들이 쉽고 단순하게 알려준다. 주로 재야의 고수들이다.

하수들은 어렵고 복잡하게 설명한다. 고수들은 쉽고 단순하게 설명한다. 유튜브는 고수열전이다. 평생 갈증에 시달리던 지식과 지혜와 지성의 흡입에 노후의 삶이 즐겁다. 공부를 통해 잃어버린 마음을 찾아 성찰하고, 인격을 완성해가는 위기지학爲己之學 중이다. 다다를 스승이 있다는 건 생生의 축복이다. 또한 공부는 생의 향연이자, 노년의 선물이며, 다음 생을 위한 저금이다.

다시 돌아가자. 나는 힌남노 태풍에 휩쓸리듯 휩쓸려 지금 병원에 입원해 있다. 정밀검사를 하기 위해 캐리어를 끌고 왔다. 마치 여행을 온 듯하다. 일주일 후 검사결과가 나오면 수술을 할 것이다. 의술이 좋으니, 금세 생을 마감하지는 않을 것이다. 생로병사는 공평하게 주어지니 불평할 일이 아니다. 건강을 유지하기 위해 산책 정도는 하겠지만, 온통 몸을 위해 젊은이를 따라하는 짓은 하지 않을 것이다. 카오스로 가득찬 젊은 시절로 돌아가고 싶지 않기 때문이다. 남은 시간 동안 공부하는 것 외에 어떤 즐거움을 가질 것인가.

서울대 어느 교수가 자신이 이미 이룬 것을 새삼 소원해보라는 팁을 줬다. 나는 어릴 때부터 작가가 되는 게 소원이었다. 근데 글쟁이가 되었다. 『안나 카레리나』, 『제인 에어』, 『폭풍의 언덕』 같은 소설을 반드시 쓰고 죽을 것이라 소원했는데, 장편소설 5권과 소설집 2권과 산문집 3권이나 냈다. 『작은 아씨들』을 보며 나는 꼭 사랑하는 사람과 결혼할 것이라 소원했는데 첫사랑과 결혼했다. 멋진 아들을 낳고 싶었는데 멋진 아들을 낳았고, 예쁘고 똑똑하고 따뜻한 며느리를 보고 싶었는데 그리되었다. 또 무엇을 소원했던가. 자매혼을 나눌 수 있는 친구를 원했는데, 깊은 우정을 나눌 수 있는 친구들이 다섯 손가락은 족히 넘는다. 작가도 되었고, 결혼도 해봤고, 아들도 낳아봤고, 짝사랑으로 아파도 보았고, 외국여행도 할 만큼 했고, 힘든 사람들에게 상담도 해주고, 이렇게 이룬 게 많다니. 이만하면 복받은 삶이었던 것 같다.

인생은 하루를 더 살아도 아쉽고
하루를 덜 살아도 충분하다.

조조의 아들 조식의 이 시詩가 참 좋다.

—

정영희 산문집
굿모닝, 카르마

지은이_ 정영희
펴낸이_ 조현석
펴낸곳_ 북인
디자인_ 푸른영토

1판 1쇄_ 2023년 05월 27일
출판등록번호_ 313 - 2004 - 000111
주소_ 121 - 842 서울 마포구 서교동 460-34, 501호
전화_ 02 - 323 - 7767
팩스_ 02 - 323 - 7845

ISBN 979-11-6512-072-6   03810
ⓒ정영희, 2023